绿色中国梦

人类只是自然界的一部分，
自然界永远不会顺从人类。

绿色中国梦

路迪 周浩郎 著

# 守望红树林

五洲传播出版社

第一章

第二章

第三章

# 目录

## 题记

美国作家赛林格在他的代表作《麦田的守望者》一书中写道：

“那些孩子在一大块麦田里做游戏。几千万个小孩子，附近没有一个人——没有一个大人，我是说——除了我。我呢？就站在那个混账的悬崖边。我的职责是在那儿守望，要是有哪个孩子往悬崖边奔来，我就把他捉住——我是说孩子们都在狂奔，也不知道自己是在往哪儿跑，我得从什么地方出来，把他们捉住。我整天就干这样的事儿。我只想当个麦田里的守望者。”

北海的红树林地处中国最富魅力和前景的海湾之一——北部湾畔，对于环境生态效益远超直接经济效益的红树林来说，沿海开发“热潮”并不是一个值得额手称庆的大词，其迅猛的杀伤力可能更甚于台风极端天气引发的滔天浪潮。纵使决策者足够睿智英明，也难以抵挡住 GDP 高速增长的吸引；纵使海边人足够谦卑和感恩，也难以抗拒那触手可及的金钱的魅惑。

红树林正遭遇着前所未有的危险，利益如猎豹，环顾窥伺，目光灼灼。

那些热爱红树林、为了红树林发展而殚精竭虑、日夜操劳的人们能做的，也许只有“守望”——把那些在生态悬崖边快速奔跑的人们拦住，让他们停下脚步，也许，能让他们的目光穿透利益的迷幛，看到我们身处的这片土地和我们的命运。

也许，他们能做的仅止于此。

倘能完整地守望这片红树林，让这片红树林得以平静地生息繁衍，他们已足以面对斯土斯民；

若能更进一步，让这片红树林渐次恢复，让曾经存留在历史上的丰姿向未来延伸舒展，他们将问心无愧地面对子孙后代。

俯瞰大海，仰望星空，回首过去，眺望未来。

这片红树林的生命比我们每一个现存的人的生命都要悠久，但愿它们的未来平静安泰，无尽漫长。

# 第一章

## 凝眸红树林

## 一个异乡人的红树林情结

1991年4月，正是仲春时节，位于广西南部的滨海城市北海四处红香翠绕、花开成海。长青东路92号广西海洋研究所的院墙外已经干涸的城市运河边上，稠密的合欢花树上缀满了绒球一样的红色花团，紫荆和紫薇散乱地生长在路边，恣意地舒展着柔软的花瓣，似乎并没有太精心地打理和修剪，却也生长得朝气蓬勃、生机盎然。

年轻的博士范航清饶有兴致地凝视着这些繁茂的花草树木，毋庸置疑，这是个很适合植物生长的城市。

不过这里是否是一个值得年轻人为之托付终身、奋斗终身的地方呢？身边来来往往的行人步履缓慢、神色悠然。范航清心里没底。

行李包里是1981年父母在他上大学时用闽北山区杉木木板钉成的大木箱、睡了整整9年的结结实实的棉被、千辛万苦复印的珍贵资料，带着博士刚毕业时指点江山的万丈豪情，范航清离开了恩师林鹏教授（后成为中国工程院院士、著名植物生态学家）到位于北海的广西海洋研究所报到。

林鹏惜才，竭力挽留范航清留校任教。在厦门大学这座被誉为“中国最美丽的大学”校园从事教学与研究，一生安享书声和美景，是多少人梦寐以求的归宿！此前，中山大学也向范航清表示，欢迎他来校读博士后，继续将求学深造之路向纵深拓展。

与此同时，广西科学院和广西海洋研究所也向这位年轻人发出了真诚的邀请，范航清心动了，这是象牙塔里的书生关于事业和前景第一次最艰难的选择。3个多月的不眠之夜里，学长、师兄弟和家乡亲友们的劝说反复在脑海中像过电影一样一幕幕回放，他纠结又惶惑。

“一片树林里分出两条路——

而我选择了人迹更少的一条，

从此决定了我一生的道路。”

艰难的思考后，范航清谢绝了导师的好意。他的理由很简单：我想做点实事。我是中国第一个研究红树林的博士，不能只在书斋里研究，我必须到红树林深处去，和红树林一起呼吸、扎根、成长……最终，他选择了北海。

北海于 1984 年经国务院获批，成为第一批进一步对外开放的 14 个沿海城市之一，论实力却是当年同一批沿海开放城市中起点最低、底子最薄、发展最慢的。进入上个世纪 90 年代，一座地级市却仅有 2 名博士，范航清是其中之一，可以想见北海科技、教育的窘迫处境。

深深吸引范博士目光的是广西北部湾岸线 15 万亩连片的红树林、丰富而极其便宜的海产、淳朴的民风和施展专业的可能空间。

据《中国红树林国家报告》披露，中国目前拥有红树林面积为 22639 公顷，其中重点分布区之一的北部湾地区拥有 8375 公顷，占中国红树林总面积的 37%。

红树林是热带、亚热带海湾、河口泥滩上特有的常绿灌木和小乔木群

彩虹挂红树

北海草头村红树林

落，是一种稀有的木本胎生植物。全世界有 55 种红树林 树种，中国红树林树种共有 27 种。在中国，红树林主要分布在海南、广西、广东、浙江、福建和台湾，其中以广西红树林资源量最丰富，其红树林面积占中国红树林面积的 1/3，这里是中国大陆海岸发育较好、连片较大、结构典型、保存较好的天然红树林分布区。仅就合浦县山口镇的红树林来看，此地的红树林是中国大陆海岸红树林典型代表，该区域有红树植物 15 种，其中真红树 10 种：木榄、秋茄、红海榄（列入“中国国家物种基因库”）、桐花树、白骨壤、海桑、榄李、老鼠勒、银叶树、海漆，半红树 5 种：卤蕨、节槿、杨叶肖槿、水黄皮、海芒果；浮游植物 96 种……

北部湾红树林生物多样性丰富，其中不乏黑脸琵鹭、黑嘴鸥等濒危珍稀物种。如果说厦门大学的实验室是红树林的小客栈，是文艺青年在路上旅游猎奇观光的风景画，那么这里才是红树林家族的乐园，是红树林开阔而温暖的家！一片片硕大的绿色像地毯一样徐徐展开，深深浅浅的绿、粗犷张扬的绿，时而淹没于碧蓝的大海，时而伸展向蔚蓝的天际。

范航清卷起裤腿，一头扎进这片林子里，不出半个月，便晒得皮肤黝黑，瘦弱的他乍看如同一个农民工的模样。

只有他自己知道，来到北海，他究竟收获了什么，付出了什么，又感悟了什么？

多年以后，范航清的女儿出生、长大，牙牙学语时的宝宝一看到电视上闪现关于红树林的画面，就会惊喜而稚气地叫，那是“爸爸的红树林”！在女儿心中，红树林就是爸爸的书房、客厅、厨房，甚至卧室。

多年以后，范博士的名字后面添了一长串后缀：广西红树林研究中心（广西海洋环境与滨海湿地研究中心）主任和广西红树林生态重点实验室主任；广西大学特聘教授，硕士（博士）研究生导师；国家湿地科学技术委员会委员；中国生态学会红树林学组副主席；联合国环境署全球环境基金（UNEP/GEF）“扭转南中国海和泰国湾环境退化趋势”中国红树林专题首席专家；广西政协委员，中央组织部直接联系高级专家。

作为中国研究红树林领域最卓越的专家之一，范博士长期从事红树林、海草、盐沼和滨海植物海陆过渡带生态学研究，他的足迹频繁地出现在亚洲、欧洲的国家，和联合国展开多项合作研究。

23 年过去了，范航清的名字已经和红树林紧紧地联系在一起，须臾不可分离。

红树林，这个对许多中国人来说尚属陌生的植物，究竟有着怎样的魅力，能够让一位异乡人如此着迷、一往情深，又让无数生于斯长于斯的北海人感沛于心、魂牵梦萦？

红树林晨光

## 红树林的馈赠

由于工作关系，范航清在家的时间颇为有限，要么在红树林现场，要么在去往红树林的路上。成为专家之后，他的生活多了一项内容：飞往中国各地和东南亚国家参与和红树林研究、保护相关的工作。

不同的国家红树林品相不同，如泰国安达曼海边的红树林有颀长的枝干、支柱根都清秀挺拔，而广西海岸的红树林粗壮、矮小，却透着一股倔强的劲头。

不管品相如何，毫无疑问的是，红树林是世界上最忠厚、最坚韧、最无私的自然生态系统之一。人们比喻红树林湿地为“地球之肾”，足以说明其对于地球生命的重要意义。

世间所有的水中，滋味最咸最苦的莫过于海水，红树林就是“苦水里泡大的孩子”。选择了与大海相依而生，就是选择了日渐粗糙、坚硬、伤痕累累的容颜；就是选择了一场场狂风巨浪的侵袭掠夺、一次次承受潮水的没顶之灾……然而红树林却慷慨地馈赠给了海边人丰富而鲜美的生活，有近百种鸟类在这里栖息，有数不尽的鱼虾蟹贝在这里生活繁衍。

在北海的这片红树林区域内，蕴藏了底栖硅藻 158 种、鱼 82 种、贝 90 种、虾蟹 61 种、鸟类 132 种、昆虫 258 种、其它动物 26 种。

世界稀有珍贵的海洋哺乳动物——儒艮就栖居于红树林外侧，对于儒艮知者不多，但说到它的另一个名字——“美人鱼”，相信你的脑海里一定会不由自主涌现出许多美丽动人的传说。

林内还栖居有白鹭、黑脸琵鹭、猫头鹰、树鹞、白鹤等鸟类，其中黑脸琵鹭属珍稀动物，全球最濒危的鸟类之一，中国二级保护动物，世界自然保护联盟 (IUCN) 所列有灭绝危机的物种。除了众多的鸥型目、雀形目等留鸟（如老鹰、隼、八哥等）外，每年秋冬季节，还有大批鹤类、鹳类、鹭类等候鸟光临，初步调查有 132 种。每天都有成群的白色、灰色、黑色的鸟儿在红树林上空盘旋，它们伸长脖颈、姿势优雅、动作轻盈，在蓝天碧海间翻转、腾挪，潇洒竞技。

鸟击长空，鱼翔浅底。

由于红树林为生物繁衍创造了很好的适生环境，因此依托着红树林的

白鹭在红树林枝头栖息

生物资源十分丰富。

红树林里生长的鱼类有鲈鱼、真鲷、鲻鱼、梭鱼、弹涂鱼、虾虎鱼等；

虾类有墨吉对虾、长毛对虾、脊尾白虾、周氏新对虾及中华管鞭虾等；

蟹类有锯缘青蟹、招潮蟹等；

贝类有牡蛎、猫爪牡蛎、中国绿螂及泥蚶等。

红树林下泥滩底栖生物有沙蚕、蠕虫和星虫等。

退潮的沙滩上，野老村妇腰悬竹篓、手舞锄犁、弯腰耕耘。耕田的人耕耘的是希望，春种秋成；耕海的人耕的是惊喜，每一次锄犁的挥动，或是一条胖乎乎的沙虫，或是一枚圆鼓鼓的海螺，有时候是肥美的青蟹、鲜嫩的弹涂鱼、清新爽口的榄钱（白骨壤的果实）……只要劳动，总会有一份收获。一个一个微薄的收获累叠在一起，日子就变得沉甸甸的。

不久前，中央电视台《舌尖上的中国》第 2 季播出，其中红树林滩涂上的“沙蟹”引起了大家的热议：密密麻麻的长腕和尚蟹迅捷地在沙滩上爬行，像特种部队在集结，饶有生趣。

当然，既然是在“舌尖”系列亮相，这小沙蟹就不只是可爱而已。北海人会利用海边丰富的沙蟹资源，把沙蟹放在盛有清洁海水的桶里，让沙蟹在里面游，用手轻洗，反复换水。将沙蟹腹底的那块脐盖掀掉或挤出脐底污物，把沙蟹放到清洁并干燥的瓦盘（类似捣臼的器物都可以）里捣碎，放进适量切成颗粒的蒜头、姜、辣椒、白酒拌匀。最后再把它分装到玻璃瓶里，放在太阳下晒一个钟头左右，传统的北海沙蟹汁就这样制成了。

沙蟹汁完全是“生”的，制作过程中也没有加热煮熟的步骤，因此带有一股子腥味，但吃起来却很香很鲜。也因此，沙蟹汁成了类似“臭豆腐”

招潮蟹

的存在，喜欢的人趋之若鹜，讨厌人的则是避之唯恐不及。

看到电视屏幕上的画面，很多人已经是口不能食、心向往之，而吃着沙蟹汁长大的北海人，更是回味无穷。

比起沙蟹汁，名气更大的红树林食物是泥丁，即可口革囊星虫，这是分布于红树林区的星虫动物。厦门著名小吃——土笋冻即由泥丁制成，具有滋阴、补肾、去火的食疗功能。在广西沿海，泥丁是市场上和餐馆里常见的海鲜之一，味道鲜美。其烹饪方式多样，可熬粥、可煮汤，亦可生吃和清炒，故拥有很好的市场。

其实在本地人心里，泥丁虽味美，但“没有最美，只有更美”，比泥丁售价更好的是沙虫，学名光裸方格星虫。

凡是接待过外地游客的本地人，不止一次经历过这样的反差：外地的客人，尤其是女客，看见端上来这盘状如大蚯蚓的白色虫子，忙不迭拒绝；但到饭局最后，不论是蒜蓉清蒸还是刺身，消灭得最干净最彻底的食物肯定是沙虫。

红树林边的妇女年均挖掘沙虫天数不少于 180 天，最多达 240 天，年人均收入万元以上，这对于当地农村家庭而言，是一笔重要的经济收入。

红树林以她的朴实厚重庇佑着一方百姓，让耕海人的梦想点石成金。这些纯天然的绿色食品，构成了北海人餐桌上的美食，共同打造了北海人“舌尖”上新鲜、丰腴、甘甜的幸福生活。

红树林就像一座沉默的宝库，作为热带、亚热带海滨地区一类重要的湿地生态系统，与海草床、珊瑚礁、上升流并称为“世界四大最富潜在资源的海洋自然生态系统”。其中，红树林是四大海洋自然生态系统中最具特色的一个，是陆地生态系统向海洋生态系统过渡的最后一道“生态屏障”。这最后一道“生态屏障”的价值涉及生态、社会与经济各方面，尤其在固岸护堤、防治灾害、维持生物多样性和海岸带生态平衡、防治污染、净化环境、美化景观、发展旅游和科学研究等方面具有重要功能。

如果用金钱衡量这些价值，可以得到这些数据：据估算，每公顷红树林每年大约提供 10000 美元的综合价值，全球总量超过 16 亿美元。专家测算出的中国红树林的年生态功能价值（环境服务价值）为 23.65 亿元，这一价值未包括生态旅游、海洋制药、滨海景观改善等方面的市场价值。

拿海洋制药来说，红树林为人们带来大量日常保健自然产品，如木榄和海莲类的果皮可用来止血和制作调味品，根能够榨汁，也可以生产贵重香料。在印度，木榄和海莲类的叶常用于控制血压。斐济的岛民把海漆类的红树林树叶放入牙齿的齿洞中以减轻牙疼。据说红树林的果汁擦在身体上可以减轻风湿病的疼痛。哥伦比亚太平洋海岸的人们浸泡大红树的树皮制成漱口剂来治疗咽喉疼。在印度尼西亚和泰国，人们用红树林的果实榨油，用于点油灯，还能驱蚊、治疗昆虫叮咬、痢疾发烧。

由于中国剩余的红树林已不多，资源十分宝贵，直接利用红树林对中国而言是奢侈的，甚至已失去实际意义。而红树林通过其海洋生态系统功能表现出来的间接价值要远远超过其直接价值，这是国际上也是广西和北海保护与利用红树林的最主要方面。比如利用红树林对海洋水体的净化作

红树林周边村民在挖沙虫

味道鲜美可口的红树林滩涂生物——沙虫

用。红树林是近海水域的生物净化筛或“肾脏”，它可以促进水体中悬浮物的沉积，促进养殖海区水体的清澈和减少港口航道的淤积，其净化作用包括对重金属、农药、生活和养殖污水、海上溢油的净化、减缓赤潮发生等，因此毁灭红树林就等于解除了近海渔业一个最有效的生态保险。

红树林在海水中汲取营养，在沙石中站稳脚跟，生殖繁衍。更重要的是它与南方众多美丽的物种相比虽然样貌显平淡，却是迎接海浪侵袭的“刀锋战士”。当大浪扑天卷地而来时，她是怎样用阴柔和坚韧来消解那汹涌的浪头？没有经历过风暴的人可能无法想象台风的可怕，没有与红树林相伴相依的人，也难以想象红树林沉默中的坚强。

红树林研究和保护人士公认的事例就是在2004年导致了近30万人罹难的印尼大海啸中，印度南部泰米尔纳德省沿海一带的村民很幸运地躲过了海啸的袭击。不是因为这些村民有未卜先知的超能力，而是这一带生

红树林滩涂

长着一片片生命力极强的红树林。

许多北海人对进犯本土的那几场凶残暴戾的台风记忆犹新：

1986 年，北部湾沿海发生了近百年未遇的特大风暴潮，合浦县 398 公里海堤被海浪冲垮了 294 公里，但凡是堤外分布有红树林的地方，海堤就不易冲垮，经济损失也小得多。

1996 年 9 月，一场风力超过 12 级的台风横扫英罗港。在大风来临之前，数十条捕鱼船搁浅在红树林外的海域。大风中有 8 条渔船被打翻，数名渔民遇难。让众多渔民惊讶的是，大风前就躲在海面附近红树林内的渔船和红树林后的上千亩良田却安然无恙。而海塘村等没有红树林的地方，上百亩农田被毁。

红树林生长于陆地与海洋交界带的滩涂、浅滩，拥有着防风消浪、促淤保滩、固岸护堤、净化海水和空气的超能力，据说宽度 100 米的红树林可以消减 80% 的风暴潮冲击力。其盘根错节的发达根系能有效地滞留陆地来沙，减少近岸海域的含沙量；茂密高大的枝体宛如一道道绿色长城，有效抵御风浪袭击。“绿色盾牌，热血铸就，危难之中显身手。”红树林，成了滨海人民生命财产的庇护所。

人们给了红树林由衷的赞美，仅从见诸报端的资料中就可以见到这样的称谓：“地球之肾”“海岸卫士”“海上森林”“绿色聚宝盆”“生物基因库”“生物盾牌”“造陆先锋”“海水净化剂”“环境守护神”“绿色长城”“天然避风港”“农田防洪墙”“鸟类天堂”“海洋农牧场”“无机氮、磷终结者”……作为“地球上生产力最高的海洋自然生态系统”、陆地生态系统向海洋生态系统过渡的最后一道“生态屏障”，文字已难以描述红树林之于海边人的重要意义。

## 素描红树林

大自然的植物种类繁多、千姿百态，人们往往偏爱那些争奇斗艳、馥郁芬芳的花卉，诗人们用诗歌、画家们用绘画、音乐家们用动听的歌曲送上自己的赞美。智能时代，爱美的人更是喜欢在各种盛开的鲜花前自拍、合影，百花烂漫，人在丛中笑。与之相比，红树林显得平淡、朴素、敦厚，

红树林

貌不惊人。

关于红树林，人们最常问到的一个问题就是：红树林，为什么不是红的？不止一位外地游客说起初见红树林时的感受：这就是红树林？！明明是绿色的低矮灌木植物嘛，完全风马牛不相及。

红树林名字的由来，不在其形、相，绿色其皮，红色其质，用“一片丹心”形容它再贴切不过了。事实上，大部分红树植物是一片郁郁葱葱的绿。红树林的名称来源于一种红树科植物——木榄，马来西亚人在砍伐木榄时，发现不仅裸露的木材显红色，砍刀的刀口也变成红色，他们利用这种植物的树皮提取物制作红色染料，而红树植物也享有了这个富于传奇色彩的名字。

所谓的红树林是由红树科的植物组成。在世界的热带、亚热带地区，一些生长在陆地的有花植物进入海洋边缘后，经过极其漫长的演化过程，形成了在潮间带生长的红树林。这种在潮涨潮落之间受到海水周期性浸淹的木本植物群落因其富含“单宁酸”，被砍伐后氧化变成红色，故称“红树”。

你可以设想一下这样的情景：当你不小心将锐利的刀具刺向红树林，你会发现，从它的身体里流淌出的是“血”。这样的画面让人触目惊心。

红树林不“红”，和许多树种相比，它的个头也偏矮。尤其是北海的红树林，和东南亚一些国家的红树林相比，就是个植物界的“小矮子”。但它的矮小是有理由的：红树林倚海而生，随潮涨而隐，因潮退而现，是热带、亚热带海岸潮间带特有的木本植物群落，适合生长在海水和淡水交汇处形成的冲积盐土或含盐沙的土壤中，淤泥沉积越多的地方越是它们的生长福地。由于生长在海水中，为了防止海浪冲击，红树林植物的主干一般不会无限增长，所以我们看到的一般也就一两米高左右，同时枝干上还会长出多数“支持根”扎入泥滩里以保持自身稳定。

但是，来红树林看风景的人们绝对不会失望。退潮时，其发达的“支持根”裸露在滩涂上，构成了一架别具美感的雕塑。

红树林的根系发达，枝枝根根十分繁多，有的一棵树上竟上挂长着数

红树林发达的根系

百条气根。比如红树林的红海榄，从树干上斜伸出去的根多达几十条，甚至几百条。这些根系可分为支柱根、板状根和呼吸根。其中最引人注目的是红树属植物的密集支柱根，它从树干或枝干各部位呈放射状长出，向下伸长插入泥中，形成一个稳固的支架，外貌似鸡笼状，故被称为“鸡笼罩”，“支持根”使植物处于风浪中而不为所折。这种“支持根”使得红树林在泥滩上十分牢固地扎根生长，弯弯曲曲、盘盘错错的根仿佛是一支支遒劲的长矛，时刻准备着与台风作无所畏惧的战争。

而一旦涨潮，红树林则会呈现出一种摇曳多姿的美。欢快的海水波浪轻漾，像小鸟啄食一样不断轻吻着红树林，顽皮地用雪白的浪花给树林披戴白色花冠。红树林温柔敦厚，静谧地栖息在大海怀中，秀发轻扬；三五成群的白鹭翩翩起舞，像一只只白色的小天使，在天与海的帷幕前尽情舒展着轻盈的舞姿。海风过处，绿浪涌动，在目光的尽头，长天与海水相互交融……这样的场景十分具有现代主义作品的画面感。因此，红树林成为艺术家们笔下常见的素材。

第十一届亚运会火炬的设计者、北海籍画家黄晓其曾经绘过一幅作品《生命》：

灰蒙蒙的土地像被大火烧过一样，却有一株细弱的红树植物从地上冒出来，仿佛在述说着大自然中生命的奇迹……水彩画《生命》入选第九届全国美展，荣获广西美术展览一等奖。

在北海外沙艺术家村，像黄晓其这样喜欢以红树林作为素材来创作的画家不在少数，他们落笔有神，将红树林的身姿、发达的根系以及搏击风浪的勇敢展现的淋漓尽致。

人们喜欢用鲜花来比喻少女，形容其姿态万千、娇嫩可人。如果说鲜花是一种少女气质，那么在红树林的身上，似乎更多的是一种母性的情怀，就连红树林的繁殖生长都显得“母性十足”，简直是大自然的异类，科学家们称这种生长方式为“胎生”。红树林四季常青，长有像榕树一样的呼吸根或支柱根，它们传宗接代的方式是：种子成熟以后并不掉落，而是在母树上发芽，首先发育形成绿色杆状的胚轴，向下伸展出幼根。胚轴的下端是胚根部分，粗而重；胚轴的上端是胚芽部分，细而轻。这样悬挂着的幼苗在外力作用下，如遇风雨、海浪的冲击而脱离果实坠落时，总是胚根部分在下而胚芽向上，由于茎和根较重，幼树会垂直下坠，或直接落在淤泥之上发育生长，或落于海水中随海潮漂浮散播到远处。那些坠落的幼根稳稳地插入海滩泥中，继续独立生长，1-2 年后便可长成一株小灌木。如果小苗不慎掉在海水中，即使被海浪冲走，也能随波逐流，一遇泥沙，数小时后即可生根，伸入到淤泥中固定而不会被下一次的潮水冲走。

种子可以在树上的果实中萌芽长成小苗，然后再脱离母株，说起来还真的很像女人怀胎十月、瓜熟蒂落。

除了“生娃”这事儿很酷，红树林还有一个独门秘籍，那就是——逆浓度梯度吸收。对于一般植物而言，由于海水和海滩上土壤溶液的浓度可能会大于植物体内的浓度，导致植物不仅不能吸收土壤里的水分和养分，反而会被反逼出体内的水分从而被活活“烧”死。红树植物绝大部分属于

红海榄胚轴（胎生幼苗）

绿叶对根的情义

盐生植物，具有排除或分泌盐分的结构，能将吸入体内的盐分经过叶表面分布的盐腺排出，排在叶表面的盐分晶体会被雨水等淋洗掉。红树林的“逆浓度梯度吸收”功能使得其处逆境而不死，在海水中一枝独秀的同时也有效地防止和减少了赤潮的发生，从而促进海洋生物的生长繁殖。

红树林以一种丰富、涵容、奉献、坚韧的品格，傲立于海天之间。红树林，乍看不甚华美，细细端详，却天成大美！

# 第二章

# 红树林之殇

## 红树林的劫难——疯狂的养殖业

“纸上得来终觉浅，绝知此事要躬行。”到广西海洋研究所报到后，范航清一头钻进红树林，凭借着扎实系统的理论基础迅速领会了海洋湿地研究实践的关键所在。1992 年，范航清主持完成“广西北部湾北部海岸红树林生态系及其快速恢复”课题，初步掌握了广西沿海红树林生态系的资源，为其后的研究与学术创新积累了多学科的基础知识。

1993 年，通过实验分析，范航清在国际上首次发现了秋茄红树植物的胚轴光眠现象，为解释红树植物的大洋漂移和种类的地区一致性提供了重要证据。

1994—1999 年，范航清发表了一系列研究论文，第一次从理论和方法论的高度回答了广西红树林的突出特征、生态经济价值、历史演化、恢复造林规模等问题。同时他还提出红树林渔业—海堤—红树林减灾模式，针对这一模式,他提出了海堤维护传统模式和生态模式结构和功能的比较，这在中国红树林领域的研究方向方面是一个创新，这一模式也于 1995 年成为亚洲发展银行的首选项目。

范航清成为中国国内独树一帜的红树林研究专家，他主编的《中国红树林研究与管理》已经成为中国红树林研究的经典资料之一，他的《红树林——海岸环保卫士》是中国政府有关部门对治理红树林决策时的重要参考资料和骨干培训教材。这其中有个小插曲，当年范航清用这本书参评广西科技进步奖，因为广西红树林研究才刚刚起步，与会的专家甚至没有办法廓清该书究竟是属于渔业还是林业系统，因此在小组评审阶段就给“咔嚓”了。

有一个背景不得不提及。范博士埋首书案、认真做学问的这些年，正是全民下海的高峰期，也是沿海养殖业方兴未艾的时期，广西、广东、海南沿海随处可见连片的对虾养殖场。当时，广西几乎所有从事海水养殖的专家都集中在广西海洋研究所，这些平日里坐冷板凳的专家们一时之间红透北部湾，众多养殖户们争相邀请专家们上门做技术辅导，一些技术人员干脆直接走向虾塘，亲自出马用手头的技术搞养殖。赚到钱了，曾经的专家、如今的虾老板们晚上就聚在一起，喝烧酒、猜码、打牌——无论知识结构如何差异，人们对于享乐的基本态度都那么相似。在喧闹的人群中，范博士就像一个异类，每天默守在实验室和书桌前，伏案疾书。在人们眼里，这个博士就是一个最典型的“书呆子”。有热心人劝他一起下海搞养殖，范博士连连摆手，仿佛人家在羞辱他。

独善其身，需要的是一份定力。当时的北海，海水养殖到了多疯狂程度，通过一则新闻可以略知一二。

2001 年 11 月 24 日，新华网上有这样一则新闻：

日前，广西北海市合浦县毁坏世界珍稀保护植物红树林的 4 名犯罪嫌疑人欧才其、欧家留、陈文利、洪槐珍分别被合浦县人民法院一审判处 1 至 4 年有期徒刑。这是北海市毁红树林者首次受到法律的惩罚。

合浦县人民法院审理查明：被告人欧才其于 2000 年 4 月，在合浦县白沙镇榄根村海滩涂上围塘养殖螃蟹，致使塘内 5.62 亩红树林枯死，被毁坏红树林林木价值人民币 28100 元；

……

北海 4 名毁红树林者被判刑，体现了国家对红树林资源的法律保护。

在破坏事件发生的当年 5 月，《华南新闻》《中国环境报》《南国早报》《北海日报》等新闻媒体对广西合浦到闸口镇福禄村、茅山村一些村民擅自在沿海滩涂非法砍伐红树林建造虾塘的事件进行新闻“曝光”，但并没有遏制事态的发展。

直到 2001 年，有人将此事状告到海洋管理部门，并被当时名噪一时的节目《焦点访谈》曝光，举国震惊。2001 年 8 月 31 日，国家环保部公布了 2000 年十大破坏环境重大事件，“闸口毁林养虾事件”上了黑名单。事后，北海市委、市政府、合浦县委分别作出决定，免去闸口镇党委书记、人大主任、党委副书记、镇长、镇滩涂办主任、县海洋办主任等 8 人的职务，并立案检查，将 5 名涉案人员依法拘捕。

这也是中国第一次对放任甚至怂恿毁坏红树林的官员进行追责。至此，砍伐红树林事件才得到制止。

让新华社记者马顺生前记忆深刻的是：当时圈海砍伐红树林甚至不需要批准，认为保护红树林没有用处，赚钱才是第一要务，领导、老百姓都在围海。闸口出现毁林的恶性事件时，北海海洋局长、合浦县县长都在现场，却不能制止住人们近于疯狂的举动。范博士气得脸都白了，这个体型瘦削的人，那一刻不知从哪里来的勇气，他冲上去挡在推土机的前面，浑身颤抖地说：“你们再辗，就从我身上辗过去！”在场的人惊呆了。

马顺曾多次提及这一场景，感慨万千。两人由此成了朋友，常常坐在一起，畅聊关于红树林的发展和规划。

即便在当时那样疯狂的大气候下，他们也坚信，红树林会有一个光明的前景。

在北部湾沿海“养殖热”中掀起的“圈海运动”中，利润极高的对虾养殖成为首选，除了直接砍伐红树林推挖虾塘，更多地方将水稻产量不高的海边咸酸田改造养虾。

渔民把长着红树林的滩涂围起来建鱼虾塘，海水无法退去，以致红树林根须无法呼吸而死。基围鱼塘耗费了大面积的宜林滩涂，成为阻碍红树林保护和发展的长期的、尖锐的主要矛盾。

一项权威数据表明，1980-2000 年间，广西有 1464.1 公顷红树林被占用，95% 用来修建虾塘。仅 1986-2008 年，广西沿海有 166 个虾塘来源于红树林滩涂区域，每个虾塘平均毁灭红树林 2.64 公顷，共造成 438.91 公顷红树林的消失。

这组令人触目惊心的数据是 1986 年以来广西红树林减少的最主要原因。

仅对生态最为茂密的山口红树林而言，保护区从建区以来，共发生过

6 起毁林建虾塘事件，毁灭红树林 7 公顷。

物质文明正在颠覆已有规则，想要拉住人类追逐财富的脚步往后退，那是非常困难的。追逐财富已经成了时代的共同节奏，人们的视线是财富，更多的财富！越来越多的财富！只有少数人才会考虑什么是最合理的速度和最持续的能量。

这句话用于对红树林的反思，是再清醒不过了。

## 红树林的劫难——虫灾

红树林是一座沉默的宝库，虽然其巨大的生态和防台风功能早已为人所知，但仍阻止不了人为的破坏，它还要遭受气候变化的影响。

广西天然红树林从 100 多年前的 2.4066 万公顷减少到上世纪 50 年代初的 1.5951 万公顷，2001 年广西剩下天然红树林 8375 公顷，林区海洋动物资源减少 80% 以上，系统的生态功能明显退化。

造成这样的困局原因是多方面的。1950 年以来中国的红树林经历了 3 次较严重的破坏，一是上世纪 60 年代初至 70 年代的围海造田运动，广西沿海的红树林也未能幸免于难；二是上世纪 80 年代以来的围塘养殖；三是上世纪 90 年代以来的城市化、港口码头建设及工业区的开发。当时正值改革开放、大力发展经济时期，大片砍伐红树林建港口码头，吸引外资进入内地投资。由于经验不足，往往是以牺牲自然资源为代价，换取一定的经济利益后，再进行保护。

仅从养殖来看，除了对红树林树木直接影响外，还对红树林系统的食物链、功能的完整性具有破坏作用。红树林业界专家都记得这个例子：泰国几年前的调查表明，每生产 25 万吨对虾，使用的抗生素就达 500 吨。养殖过程中大量使用各种消毒药物，特别是氯化物排放到海里，损害、杀灭其它生物，整个系统的功能结构会发生微妙变化，累积起来就会导致系统崩溃。

学者的说法不幸得到了应验。

2004 年 5 月 23 日，山口保护区护林人员在巡护监测过程中发现，在实验区永安村滩面的红树林出现大面积白骨壤叶片变黄的现象。

白骨壤的果实又名“榄钱”，“榄钱”状同蚕豆，可以炒着吃，也可以同牡蛎、文蛤等一起焖煮来吃。每每等到潮水退去后，当地渔民便会下海采摘“榄钱”。“榄钱”采摘这种名字如此吉利的果实，想来村民们心中常常有着别样的兴味和愉悦。

然而这一次看到熟悉的“榄钱”，却让人十分惊骇。映入眼帘的受灾白骨壤叶片出现斑块坏死，叶脉干枯、网状裸露。叶子边缘呈锯口状残缺，像被很多虫子咬过，部分叶片干枯卷起成筒状，内包具虫蜕或白色丝状物。有些树整棵焦黄，几乎没有完全叶片，落叶光枝达30%以上，个别枝条已出现枯死，连片白骨壤从外观上看就像被火烤焦了一样。与此同时，与保护区相邻的广东省湛江红树林保护区和铁山港的白骨壤也相继出现叶片变黄枯萎症状。

受灾的白骨壤主要分布在英罗港核心区新村、丹兜海实验区永安村、和荣村至那谭村一带的滩面上，3处受灾面积分别为13.1公顷、40公顷、53.1公顷。除了这三处白骨壤群落面积较大、白骨壤叶片变黄枯萎较为

海边捡榄钱

红树林的果实——榄钱

严重之外，其它滩面上的红树林混交群落中也有零星白骨壤变黄枯萎的情况出现。

永安村的村民惊呼："从来没有见过这么凶的灾情，没有见过红树林遭受这样的大灾。"

5 月 30 日，山口红树林保护区管理处请来范航清博士和何斌源副研究员等专家到保护区实地考察，给白骨壤"把脉问诊"，寻找受灾原因。一个星期后，专家们得出初步诊断结论：导致白骨壤变黄枯萎的原因是病虫害，主要是卷叶蛾和蝉类害虫。这种害虫叮咬蚕食白骨壤的叶片，使之无法进行光合作用，有的甚至钻入枝条髓部造成枝条死亡，因此大片白骨壤出现枯萎情形。

据统计，这次虫灾使广西北海、防城港、钦州三地遭受不同程度的破坏，三地发生虫灾的面积分别占总面积的6.25%、1.5%和13%，其中山口保护区内受灾的106公顷是灾情较为严重的地区。这是山口保护区40年来遭遇到的最严重的病虫害。消息一经传出，民众哗然，各种猜测纷纭，红树林一时间成为公众关注的焦点。我们坚强的海岸卫士——红树林到底怎么了？

此事件引起了各方的高度关注。对于红树林这场虫灾，有专家提出是保护区周边近海环境恶化引发了这次虫害，是因为沿海多家养殖场内消毒使用的各种消毒剂及其它药物大量排到海里，这些消毒剂和药物在杀死养殖场海产品天敌的同时，恶化了海洋生态平衡的环境，造成了此次灾害。

由于专家的看法涉及海域污染的严重问题，温家宝总理也关注到此事，并在有关汇报材料上作出批示，要求广西区政府出面组织调研小组，指导红树林的诊治工作。接到命令后，时任广西壮族自治区主席陆兵作出指示，要求自治区主要领导组织有关专家到现场会诊，提出可靠的防治方案，并组织力量开展防治工作，加快行动，加大力度，千方百计保住红树林。6月24日，自治区领导会同自治区国土资源厅海洋局、自治区林业局植保站、自治区环保局、自治区财政厅等部门领导、专家到山口红树林保护区进行现场办公调研工作。

一番调研过后，关于红树林生病的原因，就是在专家组内部，也有不同声音。有专家提出是保护区周边近海环境恶化引发了这次虫害。也有专家注意到为了依靠大海的潮汐为虾塘换水，这里虾塘全部都安装了抽水机，粗大的排水管像弯曲的巨蟒，直通进红树林湿地中。紧靠红树林的近百亩虾塘抽水的噪音，使红树林湿地中的飞鸟减少，而这些鸟类可能会是螟蛾的天敌。噪音使得红树林湿地里的益鸟和昆虫减少，直接影响了生态环境。工作组部分专家还认为，当年降水少才是暴发这场虫灾的主要原因，雨量的减少使害虫在树枝、树叶上得以安全产卵并孕育出成虫，而温暖气候又非常适宜虫子的生长，对植物造成伤害。

专家们经过分析研究，已基本确定危害红树林的虫类是广州小斑螟、双纹白草螟、卷叶蛾等。

由于斑螟生活在白骨壤叶片背面而不取食叶片正面，施用生物农药时必须将药剂喷洒在叶片背面才能发挥效果，然而退潮时红树叶下皆是淤泥，喷药似乎不现实。在灾情控制和防治过程中，为保护附近海域不受污染，保护区工作人员主要采取了“保守疗法”，如在退潮时用高压水枪冲喷树冠，以冲走幼虫和虫卵，或对危害虫蛾和蝉虫进行扑打；在晚间安放诱捕灯，诱捕害虫，或燃火诱杀；在退潮时，对树冠撒生石灰或喷淋石灰水以灭杀卷虫蛾等。通过这些对环境较少污染的措施，控制灾情进一步蔓延。

同时，保护区管理处迅速建立灾情监测报告制度，实行 24 小时监测和报告。各点的救治和灾情控制情况每天必须报告办公室，由办公室收集

村民参加保护区虫害防治培训

统计并反馈。此举加强了信息沟通，方便了现场救灾的指挥和协调。

一场保卫红树林之战在山口红树林保护区打响。这是一场红树林界的“非典”，红树林的命运牵动着人们的心。

6月以来，各有关科研机构包括中国林业局森防、广西农科院植保所、广西大学农学院、广西林业厅植保总站、广西林科院以及广西森防总站、北海森防站的专家、教授共48人次分别到实地为保护区受灾白骨壤进行诊断，提出治理意见。保护区出动近千人次，白天利用退潮间隙用高压水枪轮番喷淋，晚上用闪烁的灯光为害虫布下陷阱。

经过上下一心、艰苦卓绝的抗争，20天后，蔓延的灾情初步得到控制。红树林保护区核心区受害面积控制在1600亩以内，整个保护区受灾不超过3000亩。一个月后，红树林灾情基本得到控制，遭受虫灾的白骨壤有不少已经长出新叶。退潮后的滩涂上，红树林裸露的树根中间，肉眼就可以见许多锯缘青蟹在爬行着，虽然个头很小。

因为受灾树木开始返青，不少人松了一口气。但形势依然不容乐观。资料显示，斑螟一年发生3-4代，每年的6-9月为高发期。这次虫害虽已过去，但仍存在着发生第二代、第三代虫害的危险，监测巡查工作无法松懈。在找出解决办法之前，防治人员必须加强巡查监测，保护受灾后冒新芽的白骨壤和目前没有受灾的其它品种的红树，防止这类虫子再度来袭。

也有当地村民认为枯黄的树枝已经死了，随便砍回去当柴烧，这样一来会使尚能萌芽的白骨壤失去重生的机会。在防治虫害的同时，保护区还加强了对附近居民的宣传，以防他们无心铸成错误。

虽然狙击战取得阶段性胜利，但范航清博士依然忧心忡忡。他担心干旱气候只是促成虫灾的外在条件，是一个近因，粗放型养殖为代表的“人类行为干扰”仍是最可疑的因素。“在同样的气候条件下，如果生态系统健康，不一定成灾。就像感冒，一个人抵抗力强，骤冷骤热也不会感冒；而体质虚弱，感冒病毒就会乘虚而入。”他说。他更担心为害红树林的螟蛾原来可能被某种天敌所克，现在变成天敌难敌，就导致虫害暴发。

深圳福田红树林保护区是验证范航清这一观点最好的例子，这个保护区的白骨壤连续13年遭受虫害。中山大学昆虫研究所的研究表明，为害这一保护区的害虫共有7种。20世纪90年代初，这些害虫的天敌有37种，

互花米草制约了红树林的生长

其中蜘蛛 7 种，个体数量众多；到了 1990 年代末，害虫天敌只剩下 13 种，蜘蛛 5 种，而且个体数量日渐稀少。

青年学者梁言顺曾经在他的《低代价经济增长论》中提到：经济增长的代价问题是一个世界性难题。快速发展着的时代列车在奔驰向前时，要十分注意计算你是不是该用那么多油，是不是该开得平稳些，是不是注意到了列车行进时的安全性。经济建设不仅要安排好当前的发展，还要为子孙后代着想，解决好人口、资源、环境的关系。

红树林虫灾过去了，而关于红树林的沉重思考才刚刚开始。据了解，2004 年春季，沿海几百亩红树林遭遇虫害，而这些虾塘也因虾病暴发全部绝收。

## 红树林的劫难——互花米草入侵

中国林科院热带林业研究所红树林项目组首席专家郑松发曾经这样描

述目前中国红树林面临的现状：一边在保护，一边被损毁，科研人员是在与时间赛跑。

2007 年编制完成的《中国红树林国家报告》显示，中国的红树林在历史上曾达到 25 万公顷，新中国成立时还有约 5 万公顷，它们从南到北，分布在广西、广东、福建、浙江的沿海以及海南和港澳台地区。但 60 多年过去，红树林面积锐减为 22639 公顷。

为了保护日益稀少的红树林，在过去的 10 年间，中国先后建立了多个从国家级到县级的红树林保护区，并制订了 10 多种国家和地方法律法

2011 年，青山头互花米草在“疯长”

规。但即使如此，中国部分地区的红树林也没能避免刀锯之灾。近年来，港口、城市房地产和工业用地占用的红树林地的面积在逐步增加……

与此同时，一些无心的错误也影响到红树林的生长，如外来物种的入侵。正确的引种会增加引种地区生物的多样性，也会极大丰富人们的物质生活，而不适当的引种则会使得缺乏自然天敌的外来物种迅速繁殖，抢夺其它生物的生存空间，进而导致生态失衡及本地物种的减少和灭绝。由于缺乏全面综合的风险评估制度，世界各国在引进优良品种的同时也引进了大量的有害生物，如被中国列为植物界“头号杀手”的紫茎泽兰以及为祸北海红树林的植物——互花米草。

互花米草隶属禾本科、米草属，是一种多年生草本植物，它起源于美洲大西洋沿岸和墨西哥湾，适宜生活于潮间带。由于互花米草秸秆密集粗壮、地下根茎发达，能够促进泥沙的快速沉降和淤积，因此 20 世纪初许多国家为了保滩护堤、促淤造陆，先后加以引进。

1979 年，互花米草由南京大学教授仲崇信等引入中国，旨在弥补先前引进的大米草植株较矮、产量低、不便收割等不足。试种成功后，广泛推广到广东、福建、浙江、江苏和山东等沿海滩涂上种植。

合浦县于 1979 年引种互花米草，用于沿海护堤和改良土壤，同时作为饲料和造纸原料。互花米草在海岸生态系统中的确有着重要的生态功能，但是由于互花米草繁殖力强、根系发达、草籽可随风四处飘扬、又缺少天敌，因此蔓延迅速，并在短时间内入侵新的环境并战胜本地物种、破坏当地原有生态环境，对当地生物多样性构成威胁。

2000 年后，这种与稻谷很相似的外来植物迅速侵蚀合浦县山口红树林保护区，疯长起来的互花米草侵占红树林边缘地域和林间空隙地，造成互花米草与红树林争夺生存空间的严重问题。互花米草在红树林中连片生长，林地变成草地，呈现出明显的“草进林退”趋势。

红树林自然保护区英罗站站长庞富鹏为此感到深深的不安：仅仅不到 5 年时间，从丹兜港到永安港 10 多公里的保护区范围内，郁郁葱葱的红树林周边就挤满了互花米草。在一些互花米草侵入的地方，红树林已经后退了 3-4 米。从 1979 年至今，互花米草的不断扩散严重挤压了红树林周边生态空间，互花米草和红树林两个植物种群竞争生存空间的态势十分明显。

互花米草的生态适应能力、繁殖能力、传播能力都十分强悍，除了红树林，被其入侵的生态系统还有中国惟一的儒艮国家级自然保护区的海草床。

合浦县沙田镇近海，是儒艮的栖息地。

儒艮是中国仅有的两种一级保护海洋哺乳动物之一（另一种是中华白海豚，天气晴和的时候，北海当地人常常能看到中华白海豚在碧波间翩翩起舞的动人场景）。说起儒艮，或许有人不太知道，但它的雅号却早已声名远扬。由于其哺乳时用前肢拥抱幼仔，头部、胸部露出水面，宛如人在水中游泳，故有“美人鱼”之称。

儒艮的主要食物是近岸海域生长的海草，合浦县沙田镇拥有多年来一直为儒艮提供食物的海草场。然而，草场也被互花米草这种外来植物占据。

调查人员发现，这一保护区附近海域的淡水口草场，原来喜盐草、二药藻丛生，但现在这两种草已经绝迹，仅余互花米草。在全部7个草场中，至少有1个草场里原生海草已经绝迹。

一个习惯于吃面食的北方人初到南方的土地上生活，各种不适应可想而知，许多人一辈子都改不了自己的饮食习惯，由此才有了“一方水土养一方人”的地域文化。但一旦定居下来，适应了南方的气候和饮食后，北方人就会表现出比当地人更顽强的适应性。动植物界也是一样。互花米草适应了北海的气候环境之后，再加之缺少天敌，便本能地挤占红树林和海草的空间，这无疑会对保护区的生物多样性构成威胁，破坏儒艮及中华白海豚等海洋生物赖以生存的环境，使沿海滩涂以及沙滩变成外来生物恣意扩张的根据地，使儒艮及鱼、贝、虾、蟹等生物失去栖息环境。由于互花米草具有耐盐、耐淹、抗逆性强、分蘖率和繁殖力强的特点，自然扩散速度极快，已在不少海域泛滥成灾。

为了减少互花米草这外来入侵物种的危害性，合浦县采用了遮盖、水淹或排水、挖根、碎根、火烧、收割等物理、化学和生物控制方法，得了一定成效，但其所造成的生态危害性已令人痛心疾首，损失巨大。

## 红树林的劫难——极端天气

“一年树谷，十年树木，百年树人。”从某种角度来看，培育红树林和养育一个孩子也不无共通之处，天气冷了暖了、湿了干了，做父母的就会担心自己的孩子，牵肠挂肚……来自气候的变化同样让红树林的养育者不省心。

据了解，全球气候变暖会改变红树林的生长区域范围，使红树林向高纬度扩展。从好的一方面来看，生长范围变大会让红树林的种类更丰富，但不好的方面是不适应这种变化的种类将面临生存困境。

经过调查，范航清博士发现，由于气候变暖中国红树林分布已经北移了 1 个纬度。气候变暖可以使红树林适应生存环境，向亚热带扩展，但在原来适宜红树林生长的滩涂，由于海平面抬升和海堤的阻隔，红树林的生存空间会随之减小。

中国红树林保育联盟做的一份《中国红树林气候变化报告》中也提到，

2008 年 10 月，红树林气候变化监测站挂牌仪式

如果中国沿海气温继续升高 2℃，红树林的自然分布北界将从现在的福建省福鼎县延至浙江省嵊县附近，引种分布北界可达杭州湾，种类可增加 2–6 种。但是如果变暖难以遏制，赤道附近的红树林可能会“热”得呼吸困难、生长受挫。

“热”让红树林难以消受，“冷”却更加难解，何况还是暴寒、骤寒。

2008 年，随着春节脚步的临近，一场突如其来的寒潮冰冻灾害肆虐了中华大地。南方向来是温煦冬阳，那一年却迎来了严重低温、寒潮阴雨天气。

这次罕见的低温寒潮冰冻天气使中国南方各省的农业、林业等蒙受巨大损失。据农业部统计，一场寒潮下来，多数森林都被毁坏，有数据显示，这场冰冻灾害甚至让 20 年前开始的植树造林运动功亏一篑。

北海红树林也未能幸免于难，这场从 1 月中旬开始的持久的寒冻，将苗圃的种苗基本冻死。保护区的工作人员说，春节前后他们还没发现红树林有变化，不料正月十五后，红树林大量落叶和枯死。每一次涨潮过后，很多树木就变得光秃秃的，海边堆积着 10 多厘米厚的树叶。

从 3 月 1 日起，广西红树林研究中心的研究人员分赴合浦等地调查红树林种苗受损情况。经调查发现，广西沿海全海岸的红树林均受寒冻影响，主要种类白骨壤和红海榄受害最为严重，幼苗基本死亡，10 年龄的幼树中 9 成以上受害；白骨壤成树的叶子变黄发黑，形如火烧；另一个主要种类木榄的幼果全部脱落。广西遭受严重寒害的天然红树林面积达 2013.6 公顷，占广西红树林天然林总面积的 24%。另外，共有 777.9 公顷的人工红树林遭受严重寒害，占广西人工红树林的 58%。这场灾害导致广西 2008 年红树林繁殖体严重亏缺，林区海洋生物多样性明显下降。范航清博士痛心地说，红树林主要品种红海榄在广西沿海地区的自然演替过程至少倒退了 10 年，其它红树植物也受到严重影响。

## 红树林的劫难——环境压力

2014 年 1 月，北海冯家江入海口滩涂上的红树林被绿色海藻侵袭，不少红树被一种叫浒苔的绿藻大面积覆盖。据林业部门统计，该区域受浒苔暴发影响的红树林面积达 2130 亩，其中 315 亩红树林受到浒苔的覆盖、缠绕。

浒苔是海边常见的绿藻之一，大量繁殖的浒苔会遮蔽阳光，死亡的浒苔也会消耗海水中的氧气，浒苔分泌的化学物质还会对其它海洋生物造成不利影响，破坏海洋生态系统。此外，浒苔对红树林苗木容易造成机械伤害。海水退潮后，大量的浒苔缠绕在红树林的枝干、树杈、根部，增加潮水对苗木的冲击力，导致苗木被水流冲走。

北海 365 资深网民“阿力”在一遍遍到现场观察、踏勘后提出质疑，他指出受浒苔严重困扰的这片红树林位于陆基虾塘的前沿，岸边有排污口接入，排污口附近的红树林被淤泥覆盖，散发着阵阵恶臭，边上还有养鸭

浒苔

蛀木团水虱

场，这样的环境对于红树林无异于是“植物界的奥斯维辛”。那么，浒苔的滋生是否是环境压力造成的呢？

浒苔来袭几天过后，廉州湾、冯家江等地约有400余株红树相继死亡。放眼望去，北海海城区高德办垌尾村委会草头村与合浦县廉州镇烟楼村委会水儿村交界处连片的绿色屏障中，一片带状的黄色枯树非常明显。这里属于廉州湾海滩天然红树林区，总面积有165公顷，枯死的红树林共329株，呈带状分布，枯死的红树林品种均是白骨壤。经检查，树木枯死已有两年，附近的渔民和村民甚至看到有树龄超过百年的红树也逐渐死亡。此外，在冯家江大桥以东靠海一侧也有红树死亡，呈带状分布，死亡的红树树干上有大小不一的孔洞。

“阿力”注意到，在死亡的红树树干的孔洞里，出没着密密麻麻的虫子，他将发生虫害的消息第一时间在网上披露。一时间，北海舆论一片哗然。市民们纷纷追问，红树林到底为什么面临死亡威胁？

经广西红树林研究中心专家分析认为，这是一种名为“团水虱”的生物。为了觅食和寻求庇护所，“团水虱”钻入红树的气生根、茎、枝内部，造成红树死亡。

“团水虱”作为海洋蛀木生物，潜入红树林后会导致树干和主根千疮百孔，并中断植株的水分和营养供给，严重虫害致死率近乎100%。经调查，受团水虱、藤壶等生物影响致死的红树共352株。

红树林，人们心中的“树坚强”，往往连台风都吹不倒，但由于“韦氏团水虱”的侵害，树根上布满虫孔，脆弱地倒伏在泥水中。

“团水虱”何以会盯上这片红树林？我们先看看北海的近邻——海口市的一篇报道：

据《海口晚报》报道：2013年8月，海南东寨港红树林生态系统遭到严重破坏。经调查，专家一致认为，东寨港红树林团水虱的爆发，已对大量红树造成严重威胁。造成这种现象最主要的原因是，人类的生产经营活动造成红树林区水体高度富营养化，致使蟹类等团水虱天敌不断减少，危及红树林生态系统。

总结起来，便是：近海累积污染——林区滥捕滥挖和放养海鸭——生物多样性下降——“团水虱”爆发——红树林死亡。

究其根源，与海南东寨港情形相类似，北部湾海域红树林死亡事件同样是因为近岸海域污染导致海水富营养化，为“团水虱”和浒苔的出现提供了饵料和营养，而虾塘排污是祸因。

红树林生态系统是一个很脆弱的生态结构体系，并且正在不断遭到人类活动的影响甚至破坏。红树林一旦被人们损毁之后，再恢复它是十分困难的。一旦这些树木遭到较大面积损毁后，这一生态系统的基本结构就会随之发生不可逆转的变化。

实验表明，红树的幼苗在荫蔽的地方要比暴露在阳光下存活的机率大得多，大面积的红树林被破坏后，不是退化为裸地，就是被一些耐盐植物所占据。这种逆向演替所形成的群落极大地削弱了红树林的生态功能。

# 第三章

# 红树林之冠——山口国家级红树林生态自然保护区

## 从海之角走向世界

当年，将范航清从千里之外的家乡牵引到北海的是这里的一片郁郁葱葱的红树林。位于北海合浦县东南部沙田半岛东西两侧、距北海市区 115 公里处，有一片面积达 806 公顷、茂密开阔的绿色世界，它就是山口国家级红树林自然保护区。从某种角度来说，范航清是看着这片红树林一步步从海之一隅走向世界的。

保护区海岸线总长 50 公里，总面积 80 平方公里，其中陆域和海域各 40 平方公里。保护区由该半岛东侧和西侧的海域、陆域及全部滩涂组成。东侧是火山灰发育的土壤，滩涂淤泥肥沃，红树林生长特别茂盛。西岸滩涂全为淤泥质，适宜红树林生长。而且保护区所处地理位置光热条件较好，冬季低温影响小，海湾侵入内陆，封闭性好，风浪、潮汐、余流的作用较弱，岸滩比较稳定，海水污染程度很低，水质洁净，是红树林大面积分布和生存的理想区域。

保护区内有中国大陆海岸中发育最全、连片面积最大、保护最完整的红海榄林，拥有 15 种红树植物。这里的红树林特别是连片的红海榄纯林在中国极为罕见，十分宝贵，高大笔直的木榄林也是广西沿海所仅有。

保护区内已知有拟蟹守螺、招潮蟹、相手蟹、鼓虾等多种海洋动物，潮起潮落，红树林的滩涂上满满的是可爱的爬行动物。红树林外近岸水域是国家一级保护动物儒艮栖息的好场所，也是白鹭等许多海鸟的栖居地。在红树林保护区域既可以观赏到跳跳鱼上大树，也可以看见海蛇驰舞林中的生动景象。

据统计，这里有浮游植物 96 种、底栖硅藻 158 种、鱼 82 种、贝 90 种、虾蟹 61 种、鸟类 118 种、昆虫 258 种、其它动物 26 种，保护区红树林

红树林品种之一——红海榄

生态系统的生物多样性非常高，已记录的有属于20门的1956种海洋生物，构成了良好的生态系统。

林繁叶茂的红树林不仅为海洋生物和鸟类提供了一个理想的栖息环境，而且以其大量的凋落物为之提供了丰富的食物来源，从而形成并维持着一个食物链关系复杂的高生产力生态系统。可以说，红树林生态系统是世界上最富多样性、生产力最高的海洋生态系统之一。

这片红树林，长期处于“养在深闺人未识”的状态，吟风邀月，自得其乐。直到1990年，随着北海进一步对外开放的步伐加快，偏安海角的红树林才逐渐进入决策者们的视线范围。当年9月，北海山口红树林生态自然保护区经国务院批准建立，它是国务院当年批准建立的第一批 5 个国家级海洋类型自然保护区之一，也成为中国最早的国家级海洋类型自然保护区。

建立保护区以来，山口争取到国家资金建成一幢面积 940 平米集科研、办公、旅游于一体的综合楼，实现了保护区四通，配备交通通讯工具，建了苗圃、实验室、标本展览馆和 180 平方米科普教育中心，完成了保护区界定标立。

红树林景区内白骨壤介绍文字

根据自然保护区划分原则，山口国家级红树林生态自然保护区被划分成 3 个功能区：核心区（824 平方百米）、缓冲区（3576 平方百米）和过渡区（3600 平方百米），并实行不同的管理要求。

位于沙田半岛东侧的英罗港核心区，红树林群落高大、林冠整齐、潮间发达、生境原生、类型多样、海洋动物多样性丰富。该区实行封闭管理，严禁毁林开发。核心区外围的缓冲区区域内底栖动物十分丰富，可以在这里进行恢复造林，海水养殖试验和可持续利用研究。比如采取轮作方式从事滩涂渔业、在旅游区开展生态旅游等营利活动等。远远望去，林中栈道、浮桥隐入林中，观鸟亭、瞭望塔高高耸立，饶有风味。缓冲区外围是过渡区。

1993 年，山口红树林保护区加入中国人与生物圈（MAB）网络。

1994 年，山口红树林生态自然保护区成为中国重要保护湿地。

1997 年，山口红树林生态自然保护区加入中国人与生物圈保护区(CBR) 网络。

1997 年 5 月，山口与美国佛罗里达州鲁克利湾国家河口研究保护区建立了姐妹区关系，议定了水质监测技术、红树林生态养殖、生态旅游、红树林资源恢复 4 个合作项目。

2000 年，联合国教科文组织批准将山口红树林生态自然保护区纳入世界人与生物圈保护区网络（MAB）。11 月 23 日上午，合浦县举行了联合国教科文组织山口红树林生物圈保护区颁证授牌仪式。

根据规定，该网络保护成员须每 10 年评估一次，并将评估报告递交联合国教科文组织人与生物圈计划国际协调会，重新审定成员资格。

2002 年，山口红树林生态自然保护区列为国际重要湿地公约，成为 Ramsar 湿地公约成员之一。

2006 年，山口红树林成为 UNDP/GEF—SOA 中国南部沿海生物多样性管理项目（SCCBD）示范区。

2010 年 7 月 23 日，山口红树林国家级生态自然保护区通过加入世界人与生物圈保护区网络 10 周年评估。评估认为，加入世界人与生物圈保护区网络组织 10 年来，这个广西最大的红树林保护区天然面积扩大了 12%，对保护广西海洋生态环境产生巨大影响。

担任评估专家组团长的是中国人与生物圈国家委员会主席、原北京大

红树林湿地

2010 年 7 月，许智宏莅临山口红树林现场指导

学校长许智宏院士。他认为，自 1993 年保护区建立以来，红树林面积逐年增加，至 2008 年红树林面积达 818.8 公顷，比建区时的 730 公顷增加 12%，为保护广西海洋生态环境、生物多样性、周边居民生命财产安全以及经济发展发挥了重要作用。

## 和谐共生

山口国家级红树林生态自然保护区核心区所在地——山口镇永安村是一个颇有历史渊源的村庄。据史料记载，明（1368—1644）初倭寇常侵扰中国东南沿海，明万历四年（1576），朝廷为防御倭寇，在永安建立了“千户守御所”，并在城中央建造大士阁以便于防守了望。

大士阁是中国古代沿海地区抵御外来侵略的重要哨防之一，俗称“四牌楼”，是永安城中的佛教建筑，因为供奉着观音大士，故而得名。

全阁梁柱均为榫卯连接，无一钉一铁。所有屋脊、飞檐和封檐板等处，均雕塑或绘有栩栩如生的神话人物、麟龙鹤凤、飞禽走兽和奇花异草，极为壮观艳丽。整个建筑布局合理、协调、组成一个优美稳固的统一体，在建筑手法上保留了宋、元时期的遗风，是研究南方古建筑的重要实物资料。据志书记载，自明代至清代，合浦地区曾多次遭风暴袭击和地震摇撼，附近几里内庐舍倒塌，唯独大士阁岿然屹立。

历史的厚重、自然的灵动、大士阁的古朴厚重、红树林的苍翠鲜活构成了山口镇别样的自然、人文景观和丰富的旅游资源。

在山口镇大士阁的这座“军事基地”的周边，留有红树林和当地百姓相依相存的印记。当时，广东、福建沿海一带的渔民不堪倭寇袭扰，一路避难到广东广西交界处的山口。见这里红树林郁郁葱葱，物产阜富，如遇敌人来袭，大家躲藏在茂林深处，潮水涨了，敌人没有大船进不来，潮水退去，枝繁叶茂天然是一个植物掩体。再加上山口气候温润，和广东、福建沿海颇为相似，逃难的人群首领心念一动，和大家商议之后，决定留下来，在这里开始新的生活。

感念于红树林所提供的安全而富足的生活环境，留下来的异乡客们自发成立了保护红树林的组织，并将这一习惯一直延伸了一代又一代。很多上了年纪的老人还清楚地记得，直到解放前，山口、沙田镇上的村民都不许砍伐红树林，当时，国民政府没有充裕的资金养护，当地百姓每年每户提供 60 斤稻谷，每村雇请 2 名护林员。

直到上个世纪 50 年代大炼钢铁，大量红树林被砍伐作薪柴，这一淳朴而悠久的护林传统才中断。但绝大部分乡民是听着祖辈关于红树林的故事长大，对这片林子有着特别的敬畏，这也使得他们在成立保护区之后，自觉和保护区的管理人员站在了一起。

1993 年 10 月，山口国家级红树林生态自然保护区管理处成立，为副县（处）级事业单位。管理人员 16 名，其中专业技术人员占到了 67%。为加强林区保护工作，管理处还从当地乡村中选聘请 10 名村干部、复退军人为护林员，架构起护林网络。

保护区管理处下设办公室、业务科、资源保护科、英罗管理站和沙田管理站等职能部门。中国国家海洋局是保护区的主管部门，广西壮族自治区海洋局受国家海洋局委托对保护区业务工作进行指导和管理，技术依托单位为广西红树林研究中心。2001 年前行政上由广西壮族自治区海洋局与合浦县人民政府双重领导，保护区的建设管理经费由国家与地方政府共同筹集。2001 年 6 月广西壮族自治区机构改革后，广西壮族自治区编委会同意将保护区列为广西壮族自治区国土资源厅直属副处级事业单位，受国土资源厅领导。保护区的建设管理经费纳入广西壮族自治区级财政预算，全额拨款，由广西财政厅划拨和管理，国家海洋局仍给予适当的支持。保护区管理处下设一室两科两站一区，其中英罗站与旅游区实行两块牌子一套人马。

保护区管理处成立之后，先后有多位国家领导人和 国家海洋局领导以及联合国教科文组织官员何贝尔、中国人与生物圈国家委员会秘书长韩念勇和王丁以及众多的专家学者来现场考察、访问。他们的到来表现出国家、自治区及市政府对红树林的重视，也提升了红树林在当地的“威望值”。

保护区建立后，当地群众原有生产生活方式也发生了相应的变化。保护区管理处深入乡镇和沿海村庄，采取发文件、出墙报、写标语、挂横额、贴广告、和村干部举行座谈会等多种形式宣传有关法律法规，扩大社会对保护区的了解。与此同时，保护区事业的不断发展也给周围的村庄和群众带来了许多看得见、摸得着的好处。建区后，保护区周边 5 个村委会 2 万多群众借用保护区的 10 千伏高压线路用上了电，结束了世代无电的历史；山口镇新圩至英罗站保护区 19 公里柏油公路的修通，解决了沿途 4000 多名群众行路难的问题。

灯亮了，群众的心也亮起来；路通了，群众的心气也通了。

保护区生态旅游业的发展和基础设施的改善带动了山口个体客运业及个体物流业等相关产业的发展。目前，仅运行于山口镇至英罗站的客货两用车就超过 60 辆，客运摩托车近百辆。

山口保护区自然生态环境别具特色、绿意盎然，作为“北海市科普教育基地”“广西科普教育基地”，游客在这里能直接、感性地获得关于生态系统、海岸地貌、海洋生物等方面的科学知识，每年游客数量已达 4 万人左右。

红树林已经不再只是一种植物，而是被演化成为一个品牌、一份荣誉，比如红树林鸭蛋、榄钱、蟹酱、红树林矿泉水、蜂蜜以及红树林生态旅游、红树林休闲度假、红树林餐馆等。

如今，打着红树林旗号的餐馆从乡村到城市已不鲜见，“榄钱（白骨壤果实）焖车螺（文蛤）”更是广西沿海居民请客吃饭时待客的招牌菜之一，红树林鸭蛋成为广西沿海城市超市中的热销产品。红树林生态旅游方兴未艾，红树林矿泉水市场日渐扩大，红树林餐馆四处落地开花。

在绿色和健康成为时尚的社会风尚中，作为环境良好的标志，红树林品牌逐渐为公众所认知。目前，红树林品牌产品因其绿色品质成为了市场上受欢迎的产品，享有较高价格。而这无疑为周边居民拓宽红树林利用和开发创造了文化氛围和市场环境。

红树林品牌产品的出现，是伴随着红树林的公众认知不断提高而产生的商业现象，也体现了红树林居民的传统生产智慧和技能以及顺应和把握

冯家江红树林

市场的应变能力。

除了红树林品牌带来的经济效益外，红树林保护区更是有效地发挥了防风消浪、固岸防堤、保护人民生命财产的作用。

1996 年 9 月 15 日，强台风正面袭击英罗港。停泊在林区外的 50 多艘渔船顷刻被台风暴潮打翻，22 人惨遭不幸，而停泊在林区潮沟内的另外 30 多艘渔船和船员却安然无恙，就因为有英罗港这片红树林而避免了 1600 多万元的财产损失。

2008 年 8 月 14 日，第 0814 号热带风暴“黑格比”影响北部湾地区，9 月 24 日至 25 日北部湾北部海面普降大暴雨，北风转南风 9 至 10 级，阵风 11 至 12 级，北部湾北部沿海出现了 4 至 6 米的巨浪，广西区沿海出现了 80 至 130 厘米的风暴潮增水，对沿海地区经济发展和人民的生命财产造成了威胁。受强台风影响，山口保护区遭遇 12 级左右的西南大风，掀起的风暴潮造成保护区浮桥被撞断，并被海浪掀起抛到茂密的红树林树冠顶。海潮上涨超过历史最高水位 0.6 米左右。英罗海堤被海水漫过，堤内 2000 亩农田被淹，成为一片汪洋。所幸在该次台风中，山口红树林保护区仅英罗林区 1300 亩的红树林中就安全驶进大小渔船 1000 余艘，安全转移渔民近 3000 人，初步估算，直接保护渔民财产超过 2000 万元。

这些事实让百姓颇为震撼。邻近的白沙镇那谭村委主动发动群众，自觉种植红树林 30 多公顷，以保护该村的虾蟹养殖场。在乡村保护组的积极配合和保护区严格执法的有效管理下，保护区范围内拉网捕鸟的行为已基本杜绝。

沿海而居的村民，历来与海洋资源有着千丝万缕的联系，不论是主动或被动，都注定了海洋资源的管理必然不能脱离他们而独立存在。群众参与保护区的活动，保护区保护群众的生命财产安全，与海为邻、和谐共生，才能久久长长。

## 守护家园

在法国导演雅克·贝汉拍摄的影片《迁徙的鸟》中，我们可以感受到候鸟迁徙的异常艰辛。要克服长途飞行的辛劳，要克服大自然严峻的挑战，

鹭鸟翔集

更要克服人类贪婪的捕猎。南迁北移中，所有的困难都要逐一克服与面对，最终找到出路，活出精彩。

秋风乍起，北雁南飞，又到了鸟儿迁徙的季节。每年进入 9 月中旬，山口国家级红树林生态自然保护区就会迎来南迁的候鸟。守护在保护区 53 公里海岸线上的环保卫士——中国海监山口保护区支队的海监执法人员，也迎来了一年中最忙碌的护鸟季。

山口红树林保护区是候鸟南迁途中一个重要的停歇点。根据保护区跟踪监测的结果显示，山口红树林区已记录到鸟类 118 种，分属 12 目 36 科，其中冬候鸟有 48 种，占保护区鸟类总体数的 40.7%。在这些候鸟当中，不乏一些珍贵的鸟类，比如世界濒危鸟类黑脸琵鹭也会选择山口红树林保护区作为它们迁徙途中的必经停歇点。

危害山口红树林区内鸟类生存的因素很多，包括人类偷猎滥捕、赶海、围海造地或搞养殖等，这些无度的牧海活动产生的有机污染和噪声污染会给从“北国来客”带来伤害。

红树林上落满各种鹭鸟

每年为期两个月的时间里，海监执法人员会重点对分布在保护区 53 公里海岸线上的 818.8 公顷红树林，特别是丹兜、沙田、英罗等红树林区实行海陆交叉巡查，防范、打击违法人员挂设鸟网捕鸟的行径。

规之以法，还要晓之以理，海监执法人员通过走村入户做好爱鸟护鸟的公众宣传，逐步帮助村民树立环保意识，共同保护人类这个会飞翔的朋友，护鸟爱鸟的环保理念也越来越深入人心。

护鸟、护林、护海，山口红树林保护区管理处守望着这片绿树碧海。

英罗管理站是管理处唯一设在红树林分布所在地的管理站，全站仅有 5 名专职管理员和 6 名聘任管理员，却要守望着沙田半岛东西两侧长达 50 公里海岸线内 800 公顷的红树林。人少、事多，管理员压力大。

1999 年春季，英罗管理站接到群众反映，海塘村村民何某请来挖掘机，打算推掉红树林开挖虾塘。站长庞富鹏闻讯，火速带领管理员谢健一起赶到现场。

庞富鹏一遍遍讲述有关保护红树林的法律法规和红树林的重要性，利欲熏心的何某却丝毫不为所动，坚持要毁林挖塘。庞富鹏急了，站在挖掘机前，怒目而视。见庞站长态度坚决，何某慌了神，转而低声下气百般央求，甚至找来熟人为自己说情，庞站长断然拒绝。见管理人员软硬不吃，何某咽不下这口气，决定给庞富鹏一点“颜色”瞧瞧。当天晚上，暮色四合，何某纠集了数名社会青年，拎着土枪和锤子、斧子，冲到庞富鹏宿舍，撬锁掀窗砸家什。守在家里的庞富鹏的妻子和女儿吓得手足无措，嚎啕大哭。何某撒野后，恶狠狠威胁：“给不给挖塘？你叫庞富鹏自己看着办！”劳累了一天的庞站长回家后，妻子又惊又恐，含泪望着老庞：“这伙人惹不起，怎么办呢！”庞富鹏义愤填膺，何某的暴行没有吓唬倒他，反而让他更加坚定了护林的信念。他一边安慰受惊吓的家人，一边向保护区管理处领导详细汇报了事件经过。

事件引起了合浦县政府、山口镇政府及山口边防派出所的高度重视，相关部门迅速派人赶到何某家，及时处理了这起暴力威胁事件。

红树林保护区管理员没有高端的装备，有的只是自购的摩托车、望远镜以及高度的责任意识、犀利的双眼和长于负重的腿脚。巡逻、守望、追踪、堵截，红树林就是他们永不停战的阵地。

1999 年 3 月，英罗管理站接到群众举报，永安村村民邹某、林某等人意欲毁林挖塘养虾，挖掘机等工具和水泥、砖头等材料就堆放在红树林里。

收到举报后，保护区管理处处长陈光华立即从合浦县城赶来，英罗管理站、山口镇政府、山口边防派出所等管理和执法人员也迅速赶到现场，不法分子被刑事拘留，又一起毁林事件被及时制止。

在与不法分子做斗争的时候，管理人员常常要斗智斗勇斗韧劲。

某年初夏，村民莫某想在大村海面毁林挖塘，但他相当狡猾，不敢光天化日之下行动，却改在半夜三更做这些违法勾当。管理站人员闻讯后，全体出动，顶着夜色，徒步走到附近海埂边潜伏。北海海边又闷热又潮湿，群群大蚊子嗡嗡叫着飞来飞去，叮咬着埋伏的人。管理员一直坚守着，却没有见到一点动静。人困马乏的他们回到站里已是凌晨 5 时多，正准备歇息，却传来不法分子刚开始动工的消息。不法人员试图玩游击战，不料管理员却如天兵天将一般再次出现，及时制止了莫某的行为。

涠洲岛湿地生态环境慢慢恢复

毁林事件被制止，红树林安然无恙地在潮起潮落间迎风招展，这就是对管理员们最大的褒奖。为“防患于未然”，英罗管理站坚持每天有管理员在岸上瞭望，每星期进行两至三次区域巡逻，每年进行两次全线巡视。保护区内红树林密密麻麻盘根错节，人只能小心翼翼踏过泥泞，步履沉重。每次东线西线巡逻完毕，起码要两天时间。

除了与那些强行毁林占地的恶行进行长期有效的监管，保护区管理处的领导还要与各种诱惑做斗争。

红树林的生态价值毋庸置疑，而它的经济价值也被不少投资者看在眼里。北海先后成为“中国优秀旅游城市”“中国历史文化名城”“冬季度假胜地”……，银滩被誉为“天下第一滩”，涠洲岛获评“中国最美十大海岛”，排名第二，夺冠的是西沙群岛——从某种角度说，西沙几乎不可能成为旅游目的地了。北海打出的旅游品牌是“海、滩（银滩）、岛（涠洲岛）、湖（星岛湖）、山（冠头岭）、林（红树林）”，位于冯家江的红树林湿地公园被正式开发经营，而规模更大，旅游资源更为丰富的当属山口红树林。

有来自广东、云南的老板先后找上门，请吃饭，请唱歌，想要在红树林区域内搞开发，比如经营温泉等。看过资料，管理处的领导几乎都在第一时间否决了对方的提议——决无可能同意在红树林的核心区域搞经营，哪怕再有“钱途”，毁林的罪过也不可能由自己肇始。投资商退而求其次，只能另起炉灶考虑在安全区选址，重做可研。

其实，不仅仅是客商动着投资旅游的心思，就连管理处的人们自己也常常望着这片海，这片林纠结不已。

在保护区核心区域，就有一处值得一提的历史遗存。公元 1100 年，一叶扁舟，一个垂暮之年，刚刚经历了丧子之痛的老者，在一望无际的大海中穿行了几天几夜，“心如已灰之木，身似不系之舟”，宋代文豪苏轼从被贬谪的海南儋州北归，在红树林核心区——山口永安登陆上岸。

从永安再到廉州，诗人得到了当地文人、官员的厚待。他曾经在合浦小住，留下诗词若干篇。望着合浦一波未平，一波又起的海潮，诗人的如潮心海里涌出磅礴豪迈的四个字“万里瞻天”，翌年，诗人辞世。当地人临摹其手迹题在合浦县城西南的海角亭上，至今仍保留完好。

这里不仅仅是苏轼莅临北海上岸处，往前还可以追溯到汉代。北海又称“珠城”，而合浦是世界闻名的南珠之乡，有文字记载的“珠还合浦”故事至今已相传近 2000 年。明代学者曲大均在《广东新语》中首次将合浦珍珠称为南珠，并写到：合浦珠明曰南珠，其出西洋者曰西珠，出东洋者曰东珠。东珠豆青色白，其管光润不如西珠，西珠又不如南珠。合浦南珠以其优越的品质，成为历朝历代供奉皇家的珍品，寻常百姓赖以为生的依靠，南珠的辉煌从秦代开始延续了两千多年。

合浦古有七大珠池：平江、青婴、杨梅、乌坭、断网、永安、白龙，乌坭池则是合浦古珠池中，唯一一个存名存址至今的千年古珠池。乌坭古珠池因其位于合浦山口镇乌坭岛而得名，是中国南方七大古珠池之一，也是目前保持最为完整的中国南方古珠池，面积达 5000 多亩。这里自然环境独特，是合浦南珠最理想的生长环境之一。红树林拥有天然屏障和丰富的资源，这里饵料丰富，风平浪静，滋养了乌坭、永安等珠池，让南珠之光千年生辉。

而在民间传说里，山口所涵盖的旅游题材就更丰富了。有传说山口正因为处于“火山口”而有此命名，而在火山口下，一般都蕴藏着丰富的地热资源，正可以用来开发时尚健康的温泉疗养。

大士阁、古珠池、苏轼来北海登岸处、一望无际的天然红树林、温泉……这里有太多的亮点可供挖掘。管理者们未尝不动心。但一个现实问题摆在面前：在这片海域搞开发，搞旅游，势必带来砍伐红树林占地搞基建，而大批基建材料的运输堆放，游客大量涌入，红树林生态系统能承受多大的容量？山口国家级红树林保护区和一般的红树林风景区毕竟有区别，“生态”是他们首要考虑的问题，特别是在保护区的核心区域。

深思熟虑之后，管理处的领导们默默放弃了规模经营，大搞开发建设的想法，也许坚守，才是他们对这片土地、这片海域、这片树林最深沉的责任和爱。

## 护林员的心愿

2014 年 1 月 12 日晚上，央视《走遍中国》栏目播出了节目《北海——

红树林：家园的守护者》，山口红树林保护区的护林员莫积瑞作为特邀嘉宾，走上了央视的演播台前。作为一名普普通通的护林员，莫积瑞和红树林有着不解之缘。

莫积瑞今年 65 岁，曾经是山口镇北界村委会大村自然村的老渔民。1996 年 9 月，一场风力超过 12 级的龙卷风横扫英罗港。让莫积瑞等渔民惊讶的是，大风前就躲在海面附近红树林内的渔船和红树林后的上千亩良田却安然无恙。而海塘村等没有红树林的地方，上百亩农田被毁。红树林，成了生命财产的庇护所。

从那以后，老莫就不再出海捕鱼而是一门心思地守护在红树林生长区。巡护、管理、防虫害，他满腿淤泥，每天要走四五十公里，双脚踏遍了保护区的红树林。

善于动脑筋的老莫又先后斥资添置了 10 多条游船，既保障了生活来源，又成了保护区内开发与保护结合实验的先行者。

让广西红树林研究中心副主任周浩郎记忆深刻的是，老莫是个环保的有心人。起初老莫购买的游船是普通马达机动船，烧柴油，船在红树林里穿行，被裸露的根系阻挡，有时难免漏油，再者声音太大，会惊扰鸟类。后来老莫主动把普通机动船换成低噪机动小艇，船在林中慢慢行，既环保，又另有情趣。周浩郎感慨：老莫的确是把自己当成红树林的主人，才会这么用心做好每个细节。

每逢游客坐上他的船，莫积瑞便成了保护红树林的义务宣传员。他详细地讲解红树林的珍贵价值和保护的重要性，制止个别游客乱折红树林的行为。只不过，“半路出家”的他往往会被游客千奇百怪的问题问倒。

有游客问他：

“红树林明明是一片绿色，为什么偏叫红树林呢？”

“生长在淤泥和海水中，为什么红树林不会死呢？”

……

老莫答不出，十分尴尬，他下决心给自己补上红树林的“课程”。莫积瑞买来多本红树林的专著，一有空就读，遇上来保护区的科研人员，他把游客的问题记在纸上追着专家询问。如今，对保护区内的红树林特点老莫已能如数家珍。

旅游淡季或空闲的时候，莫积瑞开始用心学习红树林培育技术。他常常花上一两天的时间，开船穿梭在红树林枝柯间细心地采集树种，再把它们种到空白的滩涂上。仅 1996 年，莫积瑞就在红树林比较稀少的区域，种下了 3000 多棵小树苗。可是红树林是个娇贵的胎生植物，不仅生长缓慢，而且对生长环境有严格的要求。2008 年一场极端冻灾，90% 的树苗都被冻死了。

莫积瑞心里难受极了，3000 多棵小苗，一个个胚胎果实从树上小心翼翼采摘，认认真真种植在滩涂上，却几乎前功尽弃。

好在还剩有 300 多棵树苗，这点点绿色给了莫积瑞些许安慰，他更加精心地侍弄着这些小生命。转眼 6 年过去了，当年种下的小苗已经长成了小树，老莫十分开心。

山口红树林保护区护林员莫积瑞在巡逻中

红树林造林绿化

有个细节很有意思：《走遍中国》栏目录制完毕之后，主持人问护林员莫积瑞接下来在北京做什么，有什么心愿？老莫憨厚地笑了笑，神往地说：想去天安门广场，看看祖国的大好河山。主持人愣了愣，乐了。她告诉老莫，天安门广场上看不到“大好河山”。

就是这样一个本分朴实、没有多少见识、没怎么出过远门的护林员，却有着不逊于白领精英们的环保意识，这不能不令人感佩于心。对莫积瑞来说，红树林不仅是他的家，也是他的公园。

闲暇的时候，老莫喜欢来到林中，看鸟儿翩跹，看小动物们嬉戏，这让他的心情特别快乐，烦恼也全部忘却。漫长的冬天，红树林里会有许多北方的“客人”在这里过冬，春暖花开的时候，它们会在红树林里面繁衍后代，带来无限生机。

莫积瑞常常说：“只要我没死，我就会继续留在这里，天天看着这片林子。”

保护区成立后，广西壮族自治区人民政府颁布了《山口红树林生态自然保护区管理办法》，合浦县人民政府发布了《关于加强国家级山口红树林生态自然保护区管理的通告》，这些法规与《中华人民共和国自然保护区条例》及《海洋自然保护区管理办法》一起为依法管理保护区提供了法律依据。

通过实施有效的保护和管理，保护区整治并刹住了区内出现的个别砍伐红树林和大规模采捕林区海洋经济动物现象，抑制住了东西两条开发养殖带的盲目扩展，有效地保护了红树林资源，促进了红树林的良性发育，全线呈现出良好的林相。建区以来，保护区的红树林自然增长面积达10%以上。

红树林景区

# 第四章

## 拯救红树林

## 科研的武器——广西红树林研究中心

2008 年，举世瞩目的奥运会火炬传递到广西段。围观的市民挥舞五星红旗，数着节拍齐喊：“中国加油！北京加油！”火炬手跑过后，不少市民还恋恋不舍地追着跑，传递现场围满了热血沸腾、振臂欢呼的观众。

在激动奔跑的人群中，就有来自广西红树林研究中心的火炬手阎冰博士。作为一名科技工作者，阎冰博士治学态度严谨，多次获得国家和广西科技进步奖。

火炬在熊熊熊燃烧，“广西红树林研究中心”这家科研机构和火炬一起点亮了人们关注的目光。

上个世纪 80 年代，人们常常是用对立、矛盾的目光来看待经济发展与环境保护二者的关系。在“经济发展与环境保护”的争夺战中，发生了一件对红树林研究来说极其重要的事。为加强广西海洋科学的综合性研究和服务能力，并针对广西海洋的资源特色，广西壮族自治区人民政府将广西红树林研究中心定为正处级事业单位，同时增挂“广西海洋环境与滨海湿地研究中心”的牌子。为更好地保护广西的海洋环境与滨海湿地，经广西壮族自治区编制委员会批准，广西红树林研究中心 2001 年起成为独立的事业法人单位，编制 32 人，直属广西科学院。中心挂牌没多久就与广西林业勘测设计院签订协议。广西林业勘测设计院使用遥感等先进技术，建立中国红树林地理信息系统，为有效保护红树林提供最新数据。

从此，中国南海一支不可忽视的海洋研究和学术交流队伍，为广西北部湾海洋经济的可持续发展培养有理论基础和丰富实战经验的科技先锋在这里起飞。

广西红树林研究中心以红树林、海草、珊瑚礁、盐沼和滨海植被为主

红树林中心研究员阎冰

要研究对象，专注各系统的结构功能，探索合理利用模式，建立生态监测与管理 GIS 系统，为北部湾海洋环境保护恢复与管理提供了科技保障。

红树林研究是中心的骨干学科，中心同时也是联合国环境署全球环境基金中国红树林执行机构（2002-2008），积极参与全球计划和全区计划，致力于研究与开发国际上关注的热点即典型海洋生态系统问题（红树林、珊瑚礁、海草等），并建立退化滨海湿地结构的理论和技术体系，推动沿海盐碱地和毁弃虾塘的生产力恢复等。

对于范航清来说，中心完成独立法人手续的 2002 年，距离他到北海已经十一年。十年磨一剑，辛苦不寻常。虽然他是搞基础研究工作，但他并不想做书呆子。

2001 年 6 月，为确保海洋经济的可持续发展，联合国环境规划署

广西红树林研究中心在进行红树林监测调查

（UNEP）组织了由全球环境基金（GEF）资助、南中国海周边 7 个国家共同参加的“扭转南中国海及泰国湾环境退化趋势”国际合作项目。这个项目由探究红树林、海草、湿地、污染 4 方面活动组成，每一活动设 1 位国家首席专家，以投标方式产生，红树林为其中最重要的活动。范航清在这一项目的激烈竞争中胜出，中标成为“UNEP/GEF 红树林国家活动首席专家”，这是广西科技人员首次独立中标国际项目。

多年沉浸于红树林研究的范航清由此被业内同行昵称为“红学家”。在范航清领衔指挥下，“广西红树林研究中心”在红树林研究的部分领域居于全国领先地位。

2005 年，范博士启动广西北部湾海草生物量和光合作用的研究，代表中国参加联合国“质量经济”会议并做“滨海湿地与海岸生态安全”的报告。

2006 年，中心在联合国环境规划署与全球环境基金发起的“中国南部沿海生物多样性管理”六个子项目中竞争中标，当年6月，中心开始执行 UNDP/GEF/SOA/ 中国南部沿海生物多样性管理项目——广西示范区项目。

2007年，中心与日本及全球环境基金合作，开始了毁弃虾塘红树林和退化生态环境海草床恢复工程的示范研究，并在联合国环境规划署、全球环境基金的支持下，与林业部门成功举办首届“中国红树林湿地论坛”，通过了论坛的“北海宣言”。

2009年3月，广西红树林虫害防治研究取得新进展，承担课题研究的广西红树林研究中心在国内首次建立了红树林害虫时空数据库，该数据库掌握了虫害的分布、地点、爆发程度等数据，相当于一个“病因库”，为今后研究防治虫害打下了很好的基础。

建“病因库”的动力始于一场虫灾。2004年5月，山口国家级红树林自然保护区爆发了40年来最严重的病虫害，一周内原本受灾的40公顷白骨壤迅速变黄枯萎扩大至106公顷，虫害还蔓延至北海、防城港、钦州等地的红树林，给红树林生长造成了相当大的影响。2008年，虫害再次发生，几乎波及广西所有的白骨壤分布区，发生程度较2004年更为严重，多处白骨壤群落无一存活。

科研人员通过全岸线普查、固定点观测、室内试验、实地防治应用检验等方法，对红树林主要害虫种类、形态、生活史、生物学特性等方面进行了广泛深入地研究，基本掌握了广西红树林主要虫害及其天敌的生物学和生态学特征，并在国内首次建立了红树林害虫时空数据库，首次分析了植食性昆虫在红树林生态系统中的作用，对红树林的管理和下一步的防治提供了科学依据。

23年来，范航清主持完成国家科委、国家自然科学基金委、广西区科委和国际基金10余个项目，1996年入选国家人事部“百千万人才工程”第一、二层次人选；1998年入选国务院政府特殊津贴专家；1998年入选广西“十百千人才工程”第一层次人选；1999年被评为“广西优秀专家”；2000年被评为“广西科普工作先进工作者”“广西自然保护区管理（科研）先进个人”。

根据中国政府与联合国环境署的协议，2005-2007年，广西红树林研究中心承担了东盟 6 个国家的滨海湿地研究和管理专家在广西的交流和培训工作。中心是“广西大学、广西科学院海洋科学研究与人才培养基地”，当时有正高与副高职称共 11 人，并在区内外聘请多位客座研究员和高级工程师，设有红树林与滨海湿地室、海洋环境资源室、海洋与生物技术等实验室。中心副主任周浩郎，曾任联合国粮农组织“中国河口生物多样性保护、恢复与保护区网络建设示范项目”国家专家组成员，现任东亚海计划项目四期专家指导委员会委员。

“学贵得师，亦贵得友”。2002 年 5 月，广西大学、广西科学院海洋科学研究与人才培养基地在中心挂牌成立，开始合作共同培养滨海湿地学科硕士研究生。范航清、黎广钊、阎冰、吴斌等中心的研究员担任兼职教授，为广西海洋科学的高等人才培养尽心竭力。

范航清，广西大学特聘教授、广西师范学院兼职导师，2002 起至今，共培养硕士研究生近 20 人；

黎广钊，广西大学兼职导师，2006 年至今，共培养 3 名硕士研究生；

阎冰，研究员，博士，广西师范大学兼职教授，硕士生导师；

吴斌，研究员，博士，桂林理工大学兼职教授，硕士生导师；

……

在一个连海洋学院或海洋专业本科都没有的城市，却聚集了一批可以培养研究生的专业导师，这不能不说是一件令人惊异的事情。

2006 年 7 月 1 日，红树林研究中心与广西大学共同培养的首位研究生邱广龙获得理学硕士学位。在后来的工作中，小邱兢兢业业、刻苦耐劳，很快成为了中心的骨干力量。

基于扎实的实践活动和系统的理论水平，中心先后编著了《山口红树林滨海湿地与管理》、《中国红树林国家报告》（中文、英文版）、《中国红树林经济价值评估》（中文、英文版）、《中国海草植物》、《广西红树林害虫及其天敌》、《滨海药用植物》、《中国亚热带海草生理生态学研究》、《广西红树林虫害生物生态特征与综合防治技术研究》、《广西北部湾红树林湿地海洋动物图谱》。这些专著在业内产生了影响，部分成为中国滨海湿地研究的经典文献。在海洋综合调查和规模化工程实践的基础上，广西红树林研究中心完成的《广西典型海洋生态系统——现状与

范航清在作海草调查

挑战》、《华南海陆过渡带生态恢复系列》（4 本）共 5 本专著在 2014 年底前出版。

尽管成绩斐然，范航清博士依然谦逊而淡定："这些专著谈不上多高的学术水平，但花费那么多的人力财力与精力，获得的基础资料和数据、成功经验、失败教训和感性认识对学科未来的发展总是有帮助的，这些专著是对中心成长足迹的一个记录与阶段性总结，应该对科研团队和中心的历史有个文献交代。"

范航清对自己的工作定位相当清晰，他曾说："人人都当理论家、科学家当然好，但这是不可能实现的。将高深的学术与面向生产和社会发展的需求结合起来，关注应用与管理才是省级科研机构的定位与主要使命。我们应该学会做好自己的本分工作。德国科学技术为什么比中国强？人家不好高骛远，自己能干什么就干好它，天生我才必有用嘛！"

据《中国红树林国家报告》披露，中国目前拥有红树林面积为 22639 公顷，其中重点分布区之一的北部湾地区拥有 8375 公顷，占全国红树林总面积的 37%。这 37% 的数字所代表的生态系统，成为红树林研究中心脚踏实地不断耕耘的疆域，“37%”也成了中心人最钟爱的数字。

## 号角已吹响——中国首届红树林湿地论坛

红树林既是海滨湿地的重要类型，亦是一个典型的海洋生态系统，其与海草床、珊瑚礁一道，受中国和国际社会的高度关注。红树林是构成中国海岸防护林体系的第一道防线，保护近海海域的生态环境，是国家湿地保护与建设的重要内容，是北部湾国际水域生态安全的重要标志，是泛北边湾地区经济崛起和可持续发展的一个重要生态保障。

随着世人对红树林的认识日益深入，广西壮族自治区也在不断加大对湿地的保护力度。全区湿地资源调查和保护工程规划工作开始启动，《广西红树林保护和发展规划》《广西沿海湿地保护和恢复规划》《广西湿地保护工程规划》编制完成，并分别报国家林业局和自治区人民政府批准执行。

2007 年 9 月 7 日，主题为“红树林与海岸湿地生态安全，红树林保护恢复与可持续发展”的中国首届红树林湿地论坛在北海市举行，来自中国十多个省市（自治区）林业、国土、大专院校及科研单位的领导和专家学者约 200 名出席了论坛并作专题报告，共同为保护和恢复红树林及其可持续发展出谋献策。

此次论坛由中国林业局湿地保护管理中心、广西区林业局、广西红树林研究中心共同主办，旨在通过“红树林与海岸湿地生态安全”和“红树林保护恢复与可持续利用”的主题研讨，提供红树的合理开发利用，以及北部湾红树林湿地保护与东盟国家合作的可能方式，学习各地红树林湿地保护经验，促进北部湾经济与生态环境协调可持续发展 。

论坛上，专家学者在肯定近年来中国红树林湿地保护与管理取得成绩的同时，也清醒地看到红树林保护面临的严峻形势。据介绍，近 20 年来中国红树林面积减少了约 40%，污染和人类活动导致红树林湿地生物多

涠洲岛海岛湿地恢复

样性下降，部分生态功能处于亚健康状态甚至丧失，海岸侵蚀加剧，近海渔业资源日趋枯竭。

据《中国红树林行动计划》提供的数据，1980 年以来中国被占红树林面积达 12923.7 公顷，其中挖塘养殖 12604.5 公顷，占 97.6%，港口、城市房地和工业用地近年来也占用部分红树林地。林区放牧捕鸟、采集经济动物、污染、外来物种、病虫害等都影响到中国红树林生态系统的健康。目前，大部分红树林为次生林，高大的原始林很少，海南海桑、红榄李、银叶树等多种红树植物野生种群面临生存威胁。

廉州湾种植的红树幼苗

论坛确定了中国当前和今后一个时期红树林和滨海湿地保护的主要目标是：保护红树林 2.47 万公顷，发展红树林 6.59 万公顷，开展 32 个红树林自然保护区保护管理设施建设；保护和恢复滨海湿地总面积 160 万公顷，其中湿地保护面积 86 万公顷、湿地恢复面积 74 万公顷。

作为一项具体成果，论坛发布了《中国红树林湿地论坛北海宣言》，倡议加强对中国东南沿海这种重要生态系统的保护。

宣言肯定正在实施的《全国湿地保护工程实施规划》为红树林湿地保护和管理提供了强有力的保障，要求尽快建立和完善相关政策和法规，完善湿地管理机构，制定中国红树林保护行动计划，加强对红树林湿地资源利用项目的环境影响评价与监督，逐步建立重点湿地利用的补偿和有偿使用机制。

宣言倡议积极开展湿地保护宣传教育，提高公众意识，建立保护与合理利用红树林湿地的模式并开展示范活动。对于正在加快开发的北部湾经济区，宣言希望广西将滨海湿地作为战略性环境资源纳入总体规划中，积极开展与东盟国家合作，建设“绿色北部湾经济区”。

203 名来自中国大陆、台湾和香港的代表签署了这份宣言。他们中包括红树林保护与管理机构专家、科研机构和院校学者、非政府组织人士和红树林自然保护区管理人员。

宣言提出了尽快建立和完善红树林湿地保护政策和法规体系，完善湿地管理机构，强化部门间的沟通与协调；制定中国红树林保护行动计划和红树林保护、发展规划；加强对红树林湿地资源利用项目的环境影响评价与监督；逐步建立重点湿地利用的补偿和有偿使用机制，维护生态安全；加强红树林湿地的科学研究以及国际合作与交流等一系列建议和意见。

建设绿色“北部湾经济区”是本次论坛通过的《中国红树林湿地论坛北海宣言》向广西壮族自治区人民政府提出的建议。该建议认为，广西应将北部湾滨海湿地作为一项战略性环境经济资源，纳入北部湾总体发展规划。

随着中国—东盟自由贸易区的建立和中国—东盟博览会永久落户南宁，特别是泛北部湾经济合作构想由共识走向实践，北部湾（广西）沿海正在成为广西经济的新增长极，成为令人瞩目的投资热土。正确处理保护与开发的关系、实现红树林湿地可持续发展，成为此次论坛关注的热点。

关于这份《中国红树林湿地论坛北海宣言》，业界普遍达成共识：此举标志着中国红树林保护行动的序幕已全面拉开。

## 碧海红树金滩——金海湾红树林生态旅游区

2014 年 5 月 1 日，金海湾红树林生态旅游区人声鼎沸，笑语喧喧，“2014 中国 · 北海疍家赶海节”在这里欢乐上演。

金海湾红树林生态休闲度假旅游区是中国极富滨海湿地风情和渔家文化内涵的黄金景点，位于北海市东南方向银滩往东方向，拥有 6 公里长的黄金海岸线、2000 多亩的红树林。落潮时有 1.3 万亩潮间带，滩平沙细、面积广阔，100 余种鱼类、贝类、蟹类及沙虫在这里栖息繁衍，这里被誉为“中国十大魅力湿地”“亚洲最大的原生态赶海乐园”。

与金海湾一脉相连的北海银滩，素有“天下第一滩”之称，属国家 4A 级景区。银滩“滩长平，沙细白，水温静，浪柔软”，它的美细腻平和，一览无余。“邻家女儿”金海湾沙滩，却呈现出迥异的金黄色，金色的沙

赶海

滩在蓊郁的红树林和湛蓝的海天之间，显得层次丰富而富于变幻，这片沙滩因此得名“金滩”,这也是金海湾红树林生态休闲度假旅游区名字的由来。

赶海节的主题为“展示疍家文化·体验赶海乐趣”。开幕式上，外沙龙母民间艺术团为游客表演了疍家赶海传统仪式——“祭海”，展现北海渔家民俗文化的精彩魅力。

疍家人被称作“海上游牧民族”，又有“海上吉普赛人”之称，他们以捕鱼为生，没有固定的陆地居住点。疍家居民以水为贵、择水而居，出门行舟、打渔为生，独特的水上环境使他们以船代步、以船为家，逐渐形成了丰富的带有渔民特点的疍家文化,比如水上婚嫁、水上交通、咸水歌等。

“祭海”民俗，是疍家渔民在漫长的耕海牧渔生活中创造的一种颇具地域特色的渔家文化和民俗活动。传说明清时期，每逢农历四月初八，长年漂流在海上的渔民都要到北海妈祖庙，祈求妈祖保佑他们风调雨顺、出海平安、鱼虾满舱，由此形成了传统的“祭海”习俗。“祭海”仪式有拜龙王、放生鱼、跳祭海舞蹈等。祭海活动结束后，游客和嘉宾可以免费品尝祭海供品——烧猪等。

祭海表演后还有渔家女巧手织渔网比赛、赶海拾贝比赛、欢乐围网捕鱼、海鲜美食品尝等。

金滩绵延 20 多里，滩平坡缓、沙质细腻，因为依托红树林的原因，有着丰富的海产品资源。退潮时宽广的沙滩上留下无数的贝类、螃蟹、沙虫、泥丁。赶海的渔民手持肩扛着熟悉的工具，男的力气大用锄头，女的力气小用铲子。渔民们定睛看着沙滩，如果看见沙滩上有新鲜的小洞，洞口里有水，有小气泡，便用非常迅疾的动作把小洞挖开，敏捷地掏出里边的沙虫或螺，眼到、手到、钱到！

围海捞鱼是渔民的一种捕鱼方式，也称“捞箔”或“疍箔”。渔箔是一种漏斗形的捕鱼工具，一般选择在潮水升降、水势较急的汇合处设立。先用木桩围成两排，一头汇合处用木桩固定，再用小竹片编排，结成“篱笆”栅栏，围成一个迷你的渔港（鱼室）。潮起时鱼虾蟹顺水往网里钻，退潮时鱼虾蟹被困在网里游不出来，游客直接用网勺捕抓。这种玩法很有特色。

宋代诗人梅尧臣在《和谢舍人新秋》一诗中有“还忆旧溪游，水清渔

赶海的游客

箔蓰”的句子，说的就是他和文友谢绛在邓州围网捕鱼时的愉快场景。不过诗人和朋友是去河边围网，远没有在大海边捞鱼这么豪情满怀。

很多游客在赶海的过程中学会了围海捞鱼、摸螺、捉蟹、挖沙虫的技巧，还扎扎扎实实收获了不少的海产品，体验了一把渔民生活。游客们享受着赶海的乐趣，最让“吃货”兴奋不已的是，景区免费为游客清洗加工赶海挖螺和拉网捕鱼收获的海鲜。此外，还提供了各式各样当地特色海产品和疍家风味美食，游客在这里可以尽情品尝原汁原味的舌尖享受。

事实上，金海湾红树林生态旅游区作为一个当地居民和外来游客共同休闲度假的去处，已经不止一次开展这样别具风味的活动。就在 2014 年一开年，就有“疍家民俗文化节”在这里盛大开幕，如织的游人在这里看到了一幕幕新颖独特的疍家风情演艺。

疍家风情演艺内容主要以一名疍家女子成长历程为线索贯穿全剧，包括女主角提灯望亲，在日常织网、捕鱼生活中与心仪的疍家男子相识相知相许，疍家婚礼，洞房花烛共 4 小部分情景组成，以舞蹈情景剧为主要表

渔家民俗表演

现形式，情节感情跌宕起伏，悲喜交加，气氛真实、喜庆，充分展现出了疍家人民原始、朴素、真实的亲情、爱情。

疍家习俗展上，演员穿着疍家服饰，使用道具模拟疍家人民日常作业、生活，如织网、捕鱼等情景，以疍家民谣、咸水歌等歌、舞、小品等表现形式，充分展示疍家传统习俗，让疍家礼俗踏着时代的节拍，从而彰显无穷魅力。

除了传统与民间文化活动，金海湾风景区也常常出台各种时尚、潮流的活动，比如“金海湾红树林涂鸦大赛”，以海洋生物和民间艺术为主题的“中国梦，北海情，红林韵”人体彩绘活动。人体彩绘活动现场，来自各地的多位佳丽身着曼妙多姿的泳装，由多名绘画师在模特身上进行彩绘创作。活动还是吸引众多的游客和市民前来观看，特别是摄影师及摄影爱好者，他们长枪短炮，纷纷用镜头将人体彩绘与红树林优美生态环境尽情展现。

此外，还有“缘自金海湾，情定红树林——大型青年联谊会”，活动

游客在红树林里游览

参加七夕联合会的人群

对象主要以年轻人为主，互动游戏、拓展项目，植树和浪漫红酒会让联谊会格调浪漫优雅。

成立不过短短 6 年时间金海湾红树林生态旅游区似乎已经约定俗成为最富情趣和风味的地方。

2008 年 5 月，北海半岛东南海岸（冯家江到大冠沙）“金海湾红树林生态休闲度假旅游区”开门迎客，成为北海继银滩后又一个具有亚热带滨海自然人文景观特色的生态旅游黄金景点，并成为中国首个“海上森林”旅游区，广西首个“红树林湿地文化”公园。

就在 2008 年，《广西北部湾经济区发展规划》正式实施，作为全国优秀旅游城市的北海抓住了这个千载难逢的发展机遇，大力开发本地旅游资源，做大北海旅游产业，终于给世人留下了这幅蓝天碧海、红日白沙的诗意画卷。

近些年，随着北海市委市政府的重视以及市民环保意识的提高，北海红树林面积在逐年扩大，金海湾红树林成为发展较快的红树林之一。

因为红树林的生长区扩大，滩涂环境得到了良好的保护，生态也日益多样化。每逢退潮，肉眼可见无数海洋生物，如招潮蟹、跳跳鱼等在红树下自在游荡，生机盎然。

对热爱红树林的人来说，金海湾红树林生态旅游区最大的意义在于破解了红树林保护和发展的难题，而让其和谐于“生态旅游”这个主题之下，互为依托、共同兴旺。

## 再造红树林——北海市红树林良种繁育基地

2007 年 6 月 18 日上午，北海市委、市人民政府主要领导及相关部门负责人、青年志愿者 500 多人参加了义务种植红树林活动，种植品种为白骨壤、红海榄、木榄、秋茄、无瓣海桑 5 种，总株数为 28277 株，面积达 300 亩。

北海市义务种植红树林活动始于上个世纪 90 年代末。广西壮族自治区海洋、林业部门加强了红树林保护与生态恢复工作，红树林面积逐步得到恢复，尤其是本世纪开始的造林工作，使广西现有红树林面积逐渐恢复到上世纪 50 年代的水平。除了红树林自然修复的部分，人工种植恢复也占了一定比例。

北海的“人造红树林”工程是从 2002 年开始的。2001 年，为了改善生态环境，再造秀美山川，提高森林资源总量，中国启动了“六大林业重点工程”，沿海防护林建设工程作为六大工程的一部分，翌年在北海市拉开建设序幕。

北海市依托其独特的地理位置及丰富的红树林种质资源，争取国债资金 1000 多万元，在北背岭建立了北海市红树林良种繁育基地，规划建设了采种区 5000 亩、引种试验区 1000 亩、建设育苗基地 150 亩。2006 年至今，已培育了 300 万株良种苗木，为广西乃至周边沿海地区红树林湿地恢复提供了大量优质苗木。

北海市分别于 1998 年、2002 年和 2005 年根据自治区湿地资源调查的要求，分别组织开展了全市湿地调查工作，初步查清滨海湿地资源现状，在生态保护优先的前提下，对全市红树林分布带进行功能区划，并对红树林人工造林进行调整布局，明确了沙岗、西场、党江西片一带红树林及宜红树林地为人工新造林主要选择地和保护带，山口、沙田、白沙等东片为核心保护带，其它区域为一般性保护可示范利用区域在规划中，拟建的党江红树林保护区、垌尾红树林保护区、闸口红树林保护区、大冠沙湿地公园和已建成的国家级保护区山口红树林保护区为重点保护区域通过调查及规划，进一步明确了以红树林湿地类型保护建设为当前北海市的主要任务，为北海市林业发展“十一五”规划中将红树林湿地生态系统保护建设与海防林工程结合起来，纳入两大体系的工程建设项目之一提供科学的决策依据。

北海市在沿海乡镇试种了海桑、桐花、秋茄、白骨壤、红海榄等红树林品种约 933 公顷，其中海桑有着“海上速生林”的俗称。但是，人工种植红树林的成活率不高，大概只有 1/3。

北海民间志愿者协会联合北航北海学院参加红树林环保公益活动

北海市林业局营林科科长邹嫦对能够成活下来的那些红树林十分敬畏。她心里十分清楚，红树林对生长环境要求十分严格，对土壤基质的要求也特别高，并不是所有海岸都能生长，红树林主要分布在河口、海湾、溺谷、泻湖等淤泥比较深比较多、海水盐度低、水流速度缓慢的地方潮间带中上部。

广西红树林研究中心副研究员莫竹承与红树林打交道多年，对红树林脾性的了解如同对家人。红树林种植成活率高达 90%，但保存率不高，两三年后仅存 30%-40%。究其原因，莫竹承说，树干上附生的藤壶太多，容易压折枝条；病虫害如广州小斑螟，目前无有效防控技术；放养鸭子对红树林小苗造成危害；潮水的涨落，可能会带走根浅的树苗。所以要种好一片林子，需进行两三次补种。

在北海沿海，人工种植红树林生长较好的地方主要分布在合浦县党江镇和沙岗镇以及铁山港区的南康镇。自 2002 年起结合海防林工程和义务植树等形式，北海共新造红树林 4000 多公顷，形成了一道道人工林和天然林共同组成的绿色屏障。

让人不无遗憾的是新培育的红树林绝大部分为次生林，90% 以上的红树林高度不超过 4 米，林相并不好看。据分析，退化主要原因有四点：

一是养殖业及城市生活污水，造成海水污染，直接威胁到红树林及其生态系统；

二是人为干扰严重，80% 以上的红树林被海堤与陆岸隔开；过度捕捞和过度挖掘捕获海洋经济动物而损坏红树林的根系，危害红树林幼苗和繁殖体库，使红树植物群落更新困难；

三是自然灾害，2004 年 5 月发生了有史以来最严重的虫害，2008 年初的低温对红树林人工林又造成了巨大的破坏；

四是农、渔业生产中大量使用农药和除草剂，污染了红树林区的海水，直接威胁红树林及其生态系统。

红树林一旦被毁坏，很可能会永久性失去恢复的机会。民间组织中国红树林保育联盟的项目负责人张晓曦对再造红树林持审慎乐观态度："原始林被破坏，恢复的多是重新栽植的次生林，其生态功能是不能等同于原始林的。"

红树林幼苗

北海民间志愿者协会会员在山口活动现场

说到自然灾害的困扰，北海防护林场场长刘钰对 2008 年初的低温天气仍心有余悸：所引进培育的 20 多个品种的幼苗冻死率达到 90% 以上，每个人的心里都又急又痛。这些引进的树种当中就包括从西沙引进的“抗风桐”。

在中国遥远的西沙群岛上，生长着一种独特的原始热带树种。因它弯曲的树枝如同麻风病人的手指一样，因而得名“麻风桐”。由于它们能在强风中顽强生存，所以人们又叫它“抗风桐”。

种植红树林讲求的是“适地适树”的原则，即便是这样坚强勇敢的抗风桐，由于属性不适合本地，也在极端天气下悲壮的牺牲了。唯一让刘钰欣慰是：一种叫作拉关木的树种，尽管上半截已经枯萎，但下半截却奇迹般地存活下来。

2013 年，基地获得自治区林业厅审定，拉关木、白骨壤、桐花 3 个品种认定为优良品种。

按照 2013 年种子的收成情况，当年可采集良种 6800 多个。照这样看来，2014 年也会是个丰收年。但是 2014 年，台风“威马逊”正面侵袭北海，房倒屋塌、树木折断。红树林虽然经受住了考验，但白骨壤的种子却全部被台风打落，这对于红树林苗木的繁育来说，不啻为釜底抽薪。

大喜大悲、坎坷万端，红树林的良种繁育之路令人唏嘘。

但不管怎样，再造红树林和保护原始林双管齐下，是北海不可推卸的责任和义务，任重而道远。

# 第五章

## 情系红树林

## 斯土斯木斯民

在山口，有的红树树龄已超过了100年。

山口镇北界村委会主任莫积森曾听村里的老人讲过：1949年前家乡就有了红树林，村民们一直在自发保护。各村落实行承包责任制前，红树林主要分布的北界村、英罗村等地村民还专门指派村民看守红树林，看守者可以享受工分、分配农产品。承包制后，由每家每户凑稻谷，再分发给看守村民。这种方式一直延用至今。

但是在上个世纪60年代，村里曾经开展过大规模的砍伐行为，因为红树林可以用来做肥料，以利种红薯。

砍伐行为整整持续了3年，随着生活条件逐渐改善，村民们才停止了向红树林的掠夺。红树林慢慢恢复。

然而到上世纪80年代，受养殖业蓬勃发展的诱惑，一些村民受利益驱动，无视村集体的约定习惯，贸然破坏红树林挖虾塘。此举引起了深明大义的村民们的愤慨。每次一有虾塘动工的消息，总有村民会及时将消息通报给村委会，村委会则大力协助保护区管理处、英罗管理站查处这种不法行为。

在红树林保护区周围，在巷头村尾，到处都是宣传保护红树林的声音。

现在不法人员已经基本收敛，村干部不用再严防死守。人为破坏少了，陆源污染少了，这是红树林自然恢复的重要原因。从随意砍伐到逐渐认识红树林的重要性，村民们自觉进行保护，恢复了这片海湾海天一色、人与自然和谐共处的美景。合浦县330公里的海岸线沿海滩涂、海岸河口区处处红树招展、群鸟翔集，红树林在默默回报着珍惜它们的“家人”。

合浦县红树林有59855亩，11科14种，在全国1.3万公顷的总面积中，合浦县占了 20%，其面积之大、种类之多，仅次于海南省的东寨港和广东省的雷州半岛。山口国家级红树林生态自然保护区保护范围仅占合浦全县红树林面积的 35%，县内还有 65% 的红树林。

合浦县红树群落内生物资源非常丰富，除了众多鸥型目、雀形目等留鸟（如老鹰、隼、八哥等），每年秋冬季节，还有大批鹤类、鹳类、鹭类等候鸟光临，初步调查有106种。红树林的生物资源也十分丰富，浮游植物、浮生动物、底栖硅藻、鱼类、贝类、虾、蟹、昆虫等，生物多样性可观。

红树林里小虾小鱼正是鸭子的天然饲料，合浦山口、党江、七星岛的海鸭蛋远近驰名、味美鲜香、蛋白质含量高。西海岸党江镇是以老鼠勒等红树植物为主的河口湿地，在渔江村的海堤上，养鸭专业户吴叔的家里有 6000 只鸭，退潮时就放鸭到滩涂上吃小鱼小虾，放养鸭产蛋率高，一年

红树林里的鸭群

养鸭的收入十多万元。

养蜂人黄仕镇十分善于捕捉商机，每年 4 月中到 5 月初，他都会把所有的蜂箱搬到党江镇堤岸边，专门采集红树林桐花品种的花蜜。黄仕镇的花蜜主要销往广东、香港一带。由于红树林属于纯天然植物，不用农药或其它化肥养殖，其花蜜也是有机食品，因此深受青睐。据黄仕镇说，广东商户来收购红树林蜜的价格可以达到 60 元一斤，十几天收入 3-4 万元，利润十分可观。

每天海水退潮以后，合浦县闸口镇茅山村的村民廖家琪就和村里人一起到村口的红树林里挖沙虫、泥丁，大家总是小心翼翼，生怕损坏了每一棵小树苗。因为他们知道，红树林不仅给他们提供了丰富的海产资源，更是提供了村民生存的基础。

相比于曾经疯狂的毁塘养殖、得不偿失，如今的红树林岸段潮上带养殖对虾受益于红树林所提供的良好自然环境，养殖成功率大幅提升，饲料系数降低，对虾单产提高，且个体大品质高，故价格也高，可使单产值增加约 15 万元。

通过此类有说服力的案例对比，保护区周边的养殖业者对友好利用红树林开展养殖的方式有了直观的认识。目前，红树林岸段潮上带对虾养殖已替代过去的围垦潮滩养殖成为当地对虾养殖的主流。

## 我与小苗共成长

北海市的中小学生开学第一件事，就是去青少年活动中心参加军训，学期中间也会安排去活动中心上劳动课，全市每年有万名中小学生到该活动中心开展活动。

活动中心建有一个永久性的海洋生物多样性科普教育基地——海洋生物多样性展室，展室展示内容包括海洋生物的基本知识、红树林生态系统、海草生态系统和珊瑚礁生态系统等四大专题以及其它海洋生物多样性知识。展示形式生动、新颖，图文并茂，有可以查询海洋生物多样性知识的触摸屏多媒体、DVD 投影、海洋生物标本等，在青少年中有力地宣传普及海洋生物多样性科普知识，并通过孩子们将知识传播给广大市民。

七彩泡泡幼儿园在学习如何认识鸟类

为提高广大中小学生对生物多样性的认识和理解，有关单位还开展了海洋生物标本制作竞赛，得到北海市教育局、科技局、市科协及媒体等部门和单位的关注，参赛师生达 1250 余人，并从 265 件获选作品中评出获奖作品作为生物多样性教育的素材，放置在北海市青少年活动中心海洋生物多样性展室。

在活动中心，还准备有市海洋生物多样性保护知识读本《北海的海洋生物——我知道些什么？》，有针对性地反映广西示范区的生物多样性情况，语言浅显、内容丰富、生动有趣。

“小手牵大手，小孩教大人。”北海市实验学校一位学生家长感慨：孩子现在越来越有主见，在环保话题方面家长不敢掉以轻心。有一次，这位家长带孩子去红树林边玩，无意中把一个塑料袋扔进林子里，在一旁的孩子马上纠正说：“妈妈，你不能乱丢垃圾。”并跑下堤坝把塑料袋拣回来。当时，年轻的母亲有点下不了台，但心底里更多的是惊喜和欣慰。这位年轻妈妈说，现在和孩子一起出门，如果过红绿灯，孩子都会提醒家长不要闯红灯；不要说脏话，不要大声喧哗。“什么是言传身教？不仅是父母教育孩子，更是共同成长。”父母重视孩子的全面发展，在孩子面前特别注重形象。如果孩子指出大人的不足，家长会深受感染，铭记于心，通过孩子将文明行为的教育成果传播到家庭、社区和社会。

2005年，北海市两名高中生进行了“红树林预防赤潮作用”的实验。他们利用红树林主要品种白骨壤的幼苗，通过海泥、海水、生活污水、工业污水等样本，经过8个月的实验和观察，证明了白骨壤模拟湿地有净化污水的作用。这项实验获得了“全国青少年科技创新大赛二等奖”。

北海市海城区三小五年级朱梦媛小朋友在参加北海市“故事大赛”中讲过一个故事《白鹭飞去又飞回》。

这天，天都黑透了，阿泽还没到家，泽妈着急得不得了。

第二天，第三天……阿泽回家越来越迟了。

为了弄清真相，泽妈悄悄跟踪起儿子。

只见阿泽走出校园，突然左转去海边的红树林里。他猫起腰，蹑手蹑脚走到一架网前，掏出剪刀，把那架挂在树上的网剪了几个大大的洞。

突然，树林里冲出一个彪形大汉，直冲着阿泽怒骂：“好你个臭小子，又来剪我的网。今天，看我怎么收拾你！”

阿泽拔腿就跑，低矮的树枝挡住了大汉，机灵的阿泽跑掉了。

泽妈吓了一跳，回家追问儿子，阿泽嗫嚅着说：“他们挂网，是为了捉候鸟来卖。没了候鸟，谁来帮红树林捉虫子？虫子会把红树林吃光的！”

泽妈愣住，一件伤心的往事涌上心头：当年，为了养虾，村民们砍伐了红树林。后来台风过境，没有红树林的保护，整个村子都受灾了。外婆的家被洪水淹没，外婆病了半年多。

想到这里，泽妈眼睛湿润了，一把抱住阿泽，“儿子，你是好样的！可你一定要注意安全！明天，妈陪你一起去护鸟！”

阿泽激动地扑进妈妈的怀里。

第二天，校门口出现了一支“特种部队”，一群家长和孩子组成的志愿者，昂首阔步走向红树林。郁郁葱葱的林里飘来阵阵歌声：“小鸟在前

爱鸟护鸟儿童绘画

面带路……”

夕阳映照着志愿者手中的横幅——“爱护鸟类，保护家园”，一群白鹭在他们肩头翩翩飞翔，仿佛在为他们鼓掌、喝彩、祝福！

朱梦媛绘声绘色的表演打动了所有评委。过了第一关，她会代表北海把这个充满浓郁海味的故事带去南宁，参加广西区的比赛。

2014 年 6 月 7 日，第 21 届全国青少年“美丽中国美好家园”爱国主义读书教育活动演讲暨讲故事比赛（广西赛区）在南宁举行。经过激烈角逐，小学组北海市代表队朱梦媛选手荣获特等奖。

接着，朱梦媛去北京参赛。2014 年 7 月 28 日，全国第 21 届青少年读书教育活动讲故事和演讲总决赛在北京落幕。代表广西参加全国赛区演讲和讲故事比赛的共 8 人，经激烈角逐，北海选手朱梦媛获讲故事一等奖。

她带去了家乡人对红树林的殷殷热爱之情，这个原创故事里关于保护红树林家园的理念，让评委们一致认同。

绘画是孩子们最喜欢的活动之一。由于年龄小、知识结构单薄，孩子们对一切事物都充满了好奇心，带着一双天真的眼睛，他们所认知、观看的世界有自己的形态和色彩，通过稚嫩的小手表现在画面中，会在其中流露出单纯的感情、强烈的认知欲。如何通过儿童绘画反映生活中的真、善、美、假、恶、丑？如何通过绘画使幼儿由个性人健康发展成为完整的社会人？专家们在深深思索着。2006 年，在山口国家级红树林生态自然保护区和合浦儒艮国家级保护区周边小学，由中国南部沿海生物多样性管理委员会开展的生物多样性绘画比赛，吸引了近 4000 名师生参与。师生们用手中的画笔，表达了他们对其身边的红树林、海草和海洋生物的认知、感受和感情，其中的优秀作品，选入了海洋出版社出版的《中国南部沿海生物多样性管理项目少儿海洋科普绘画作品选》。

喜欢喝茶的朋友对卢仝这个名字定不陌生。卢仝是唐代诗人，被世人尊称为“茶仙”。他好茶成癖，诗风浪漫，其《七碗茶歌》最为脍炙人口，甚至在日本也被广为传诵。

除了茶歌，其实卢仝还创造了一个流传至今的词儿——“涂鸦”。

卢仝有个儿子叫添丁，喜欢乱涂乱写，常把卢仝的书册弄得又脏又乱。卢仝因此写了一首诗：“忽来案上翻墨汁，涂抹诗书如老鸦。”儿子的顽皮、父亲的无奈如在眼前。

涂鸦首先出现在 20 世纪 60 年代的美国，后来街头涂鸦文化散布到世界上的许多国家，慢慢被人们接受，逐渐成为一种艺术。

2013 年 11 月 23 日，北海“华一·红树林”涂鸦大赛在金海湾红树林生态旅游区举行，来自广西艺术学院、南宁职业技术学院、北海艺术学院、北航北海学院、桂电北海学院、北海职业学院等 21 组选手经过紧张角逐，最后来自南宁职业技术学院的黄欣和他的同伴的涂鸦作品《和平》获得了一等奖；北航北海学院的何禹锦的作品《红树林与寄居蟹》获得二等奖；北航北海学院的余欢的作品《森林精灵》获得三等奖。

涂鸦大赛是北海金海湾红树林生态旅游区管理有限公司在年内举办的“首届金海湾红树林国际人体彩绘艺术节”的系列活动之一。此前北海红树林刚刚获得“中国十大魅力湿地”的荣誉，主办方希望借助涂鸦这种时尚的艺术风格，展示北海红树林的无限魅力，让红树林成为北海一张亮丽的城市新名片。

参赛的 21 幅涂鸦作品内容健康、积极向上，紧扣中国传统“雅、韵、绝”的风格效果，以绿色环保、海洋湿地生物为创意基础，突出“美丽金海湾，生态红树林”活动主题。

望着远方一碧万顷的红树林，参赛选手被金海湾的红树之美深深震撼。选手们的参赛作品都是以保护红树林为主题，如《愤怒的红树林》《呐喊》《呼吸》《金海湾——我的梦想家园》等。来自南宁职业技术学院的黄欣和他的同伴的涂鸦作品《和平》表现力丰富，色彩搭配和谐，立意深远，强调了“世界需要和平与爱，让我们共同保护红树林生态平衡”创作主旨而一举夺冠。

“我与小苗共成长”，从幼儿园孩子到大学青年，他们是红树林未来

金海湾红树林涂鸦比赛现场

金海湾红树林涂鸦比赛参赛作品

的主人，通过公民引导、教育、影响家人增强保护红树林的意识，形成良好行为习惯，会促进和带动整个社会环保理念的提高。

## 保护绿水青山

在北海，保护红树林、保护青山绿水已是决策者们的共识。

2006 年，第三届东盟博览会在广西首府南宁市召开。在会上，温家宝总理恳切地提出：中国应该和东盟国家在环境问题上加强合作。

2008 年，《广西北部湾经济区发展规划》出台，其中“制约因素”里明确提出近海地区生态保护及修复压力较大。为了在建设中保护海洋生态环境，规划明确规定要加强珍稀濒危物种及沿海红树林、海草床、河口港湾湿地等重要海洋系统的生境保护，列出“合浦山口、北仑河口、党江、茅尾海红树林保护工程”。可见，红树林成为北部湾发展战略中的重要战略性储备资源，事关国家南海生态安全。

政府的保护决心、举措体现在保护经费的提高和经验的推广上，“广西山口国家级红树林生态自然保护区能力建设项目”2008年获得中央及自治区财政资助共2542万元。5月，北海半岛东海岸（冯家江到大冠沙）“金海湾红树林生态休闲度假旅游区”规划初成。

2008年10月下旬，一个消息从北海市传出：市人大常委会否决了市政府关于环境污染整治的专项报告。在政府随后召开的整改会上，环保部门一位负责人不无委屈地表示：北海的空气质量连年名列全国前茅，今年上半年各项指标甚至优于去年同期，人大常委会的否决，不是因为环境出了问题，而是对环境提出了更高的要求。

作为北部湾的著名旅游城市，北海市对环境“更高要求”标杆十分醒目。比如全部城市建成区（包括两个工业园）均被划定为不允许使用燃煤和重油的“禁燃区”；虽然是广西最大的渔业基地，作为重要产业的鱼粉加工厂也被全部迁离市区。2006年，北海市提出“还滩于自然、还滩于大海、还滩于人民”，将银滩国家旅游度假区内39幢临海建筑全部拆除；停止了原规划在海边的一座五星级酒店的建设。以旅游为支柱产业的北海市将高新技术产业作为工业的核心，印染、皮革等与旅游相冲突的项目被拒之门外，过去那种随意上项目的现象得以避免。仅2008年的政府预算中，安排的节能减排专项经费就达2000万元。

2008年10月，温家宝到广西考察，目睹北海银滩东部大片郁郁葱葱的红树林，他感慨地说：我们国家现在沿海地带很多地区生态遭受破坏，但是北海到钦州这一带还保存着大片的红树林。红树林其实是一个标志，说明海水还没有污染，如果一旦红树林没了，海水遭受污染了，那么绿藻、蓝藻就出现了。富营养化，那不是我们的目标，而是我们应该坚决避免的。温家宝指出，生态环境也是优势，也是竞争力。

北海市委书记王小东曾明确提出：“推进生态文明建设，努力建设美丽北海，逐步建设生态经济发达、生态环境优美、自然人文融合的美丽北海，切实保护好银滩、涠洲岛、湿地、海滩涂、红树林以及珍稀海洋生物。”由于北海市近年来不断加大对红树林及湿地的保护力度，通过各种方式向群众宣传普及保护红树林及湿地相关知识，提高群众对红树林的保护意识，有效地保护了北海这片海洋生物的“天堂”，使得红树林及湿地在维护海

红树林美景

岸生态平衡，保障沿海生态安全，促进区域经济社会可持续发展等方面发挥了重要的作用。

北部湾海岸线拥有中国37%的红树林，在浩淼的大海与广袤的陆地之间，有“地球上生产力最高的海洋自然生态系统”之称的红树林保持着和谐与平衡。在寻求经济快速发展的进程中，北部湾蓊郁茂盛的红树林不仅向人们展示着人与自然和谐的生态魅力，更见证着北部湾的可持续发展。

现在，去北部湾沿海走走，你会发现红树长势喜人、绿意满眼，绵延几十里的海岸线，绿树浓荫、海潮轻柔。滩涂上，鱼虾肥美、白鹭翱翔，俨然是一个生态乐园。

## 一个民间环保主义者的质疑

闸口事件，让一个外乡人的身影走向红树林深处。

他叫肖仁立，1992年从钢铁名城四川攀枝花来到北海。

1992年和1993年是北海城市历史上可以浓墨重彩来书写的章节，用“狂飚突进”来形容这两年的城市面貌并不为过。一夜之间，城市聚集了上千家房地产商，他们像是一把把充满能量的柴火，将小城原来平静的生活搅动得滚烫、沸腾。从事城市土地规划的肖仁立正是其中一位“赶海人”。

当畸形膨胀的房地产业降温之后，肖仁立和他的同行们也像搁浅的小船，滞留在这里，与这个城市慢慢融合在一起。

与本地人对红树林的司空见惯不同，肖仁立对这种特殊的植物产生了浓郁的兴趣。赚钱之余，常常约着三五知己去海边坐坐、谈谈，近看招潮蟹，远眺红树林。

肖仁立爱读书看报思考问题，当闸口毁林事件以一则豆腐块大小的位置进入他的视野，他有点坐不住，急于了解更多的真相。他费了不少心思用百度搜索一番，能看到的有限资料却足以令他震惊。原来红树林的意义竟然如此之大！

带着理工男特有的执着、较真，那些天他天天沉溺于网海，试图搞清楚关于红树林的前世今生。从电脑前起身，他又一次次去红树林现场实地踏勘。他甚至跑去林业局，找他们要来《森林法》，一条条比对、研习。

把所有的资料汇总过后，肖仁立撰写了一篇长文——《红树林被毁的思考》。文章被全文刊登于2000年6月24日的《人民日报》华南版：

最近，从多家媒体了解到，去年十月到今年四月的半年时间内，我市合浦县闸口镇东部沿海发生三起为建虾塘砍毁红树林共近500亩(5万株)，毁坏红树林湿地1400余亩的恶性事件。事件引起了自治区的重视并下达了“立即停止砍伐红树林的紧急通知”。那么这究竟是一种什么性质的事件竟引起自治区的如此重视，并且非要由自治区的干预才能得到制止呢？带着这个疑问，笔者查阅了有关资料并向相关部门的管理人员、学者进行请教。当我从对红树林一无所知到对红树林一知半解的时候，当我对“砍林”事件的背景进一步了解后，我的心情越来越沉重，几乎到寝食难安的地步，以致于我不得不把心中的想法表达出来。

思考之一、该相信谁的数字？

首先令笔者感到迷糊的是围绕这同一事件的三个不同数字，自治区的调查是，仅今年四月以来砍伐旺盛红树林1400多亩；红树林研究专家范航清博士用激光测距仪测定的结果是800亩红树林被砍毁；而合浦县上报的调查数字是102亩，加上99年10月以来的另两起毁林案一共才496亩，其它为没有红树林的滩涂。我们该相信谁的数字呢？为妥善起见，笔者采用了本文开头的两种数字，即砍毁红树林近500亩（5万株），红树林湿地1400余亩。他们哪里知道湿地同红树林一样也是需要保护和严禁破坏的。笔者在想，当地政府在每年上报工农业产值时，在上报各级干部的政绩时是否也采取了如此“谦虚”和“务实”的态度？

思考之二、事件究竟有多严重？

……

从国际国内各级政府针对红树林所设立的机构及制订的文献可以看出红树林是多么重要。而砍毁红树林500亩又有多大的过错呢？根据最高人民法院、最高人民检察院关于办理盗伐、滥伐林木案件应用法律的解释，盗伐、滥伐幼树2500株以上为情节特别严重，滥伐自然保护区内的树木从严惩处。这还是指的一般林木案件，红树林显然要比普通陆地森林珍贵若干倍，因此，这一砍毁500亩、5万株红树林的案件不是一般的特别严重，说它罪不可赦未必过分，因为它造成的巨大生态破坏是无法弥补的。

思考之三、这一事件是在什么背景下发生的？

我们注意到这一事件是在我市政府相当长时期以来反复强调旅游业、海洋产业是我市两大支柱产业的背景下发生的。从旅游业角度看，红树林本身就是一种极具观赏价值的植物群，而红树林保护区就是我市现实的著名的一个旅游景点和极具开发价值的旅游资源；从海洋产业角度看，红树林是维持沿海居民从事海洋就业的十分宝贵的生态体系，它是海洋生物链的一个重要起点。没有红树林，珍珠养殖、近海捕捞将成为历史。这说明什么呢？至少说明我们对如何发展旅游业、海洋产业心中无数，也说明我们反复强调的支柱产业还只是写在红头文件上的几个冠冕堂皇的文字而已。

我们还注意到，这一事件是在我市人大1999年10月18日通过《关于加强红树林保护管理工作的决定》之后，也是我国新海洋环境保护法颁布并实施期间发生的。这又说明什么？它至少说明在我市就如何保护红树林以及类似的生态环境方面还缺乏切实可行的具体的有效措施。

思考之四、事件是如何被发现的？

严格讲，砍毁数百亩红树林以及破坏一千多亩的红树林湿地显然不是一时半会儿的小偷小摸行为，它是需要动用多人以及大型机械的大规模工程，这样的举动一开始就有当地居民知道，因此不存在被发现的问题，事实也的确如此。笔者所思考的被发现是指它是如何被社会所发现也就是被曝光的。经了解，这一事件是在当地村民忍无可忍的情况下联名向自治区举报才得以曝光。从合浦县5月31日传达自治区的《紧急通知》和我市政府6月9日发布2000-3号文《关于加强保护红树林资源的通告》的时间先后不难看出，为什么村民要向自治区告才能解决问题，因为他们知道，不如此问题得不到解决。进一步调查发现砍林建塘并不是当地村民的个人行为而是政府行为。村民对毁林建塘之所以不满，不是因为村民对红树林的价值认识有多深刻，而是出于他们切身利益的自我保护，政府为什么不顾“衣食父母”的反对要一意孤行呢？难道就为了收取100元/亩年的滩涂租金吗？这点收入还不及红树林年产出价值的零头！显然这一理由不大充分。在数字出官、官出数字的怪圈里，这似乎是难以避免的，因为招商引资是政绩，建虾塘也是政绩，如果养出了虾那就更是政绩，1 万产值可以报 2 万产值的政绩，更何况建虾塘是一投资巨大的工程，大凡有工程都少不了有油水可捞。这就是为什么一些政府干部对这种事情都那么乐此不疲！而保护红树林有什么政绩呢，没准儿还要投入不少钱，让老百姓受益干部没好处的事谁做，鬼才做！所以虽然事件一再发生但社会是发现不了的，除非你告上天，这不，真有胆大的“刁民”把它告上了天，《人民日报》都登了，我辈社会的一分子才有幸知道。

思考之五、事件是偶然的吗？

我们不需追溯太远，只从 90 年代初大致回顾一下就知道这一事件是偶然的还是必然的。1992、1993 年北海热时期，著名的金滩开发工程直接毁掉红树林 400 亩和宜林滩涂 6000 亩；90 年代中后期大冠沙垦滩造虾塘 600 余亩，那地方原本也是有红树林的；今年合浦县闸口镇计划围垦滩涂 10000 亩。岂知这些都是堂而皇之的政府工程，零零星星的个人计划不计其数，最近，连银滩东头的 25 亩珍贵红树林都难逃厄运；红树林的命运也就可想而知了，这是一种必然趋势当然不是偶然事件，但如果本次事件能成为这一趋势的终点，那又未尚不是一件幸事呢？

思考之六、如何才能避免毁林事件的再次发生？

笔者调查后认为，造成本次事件的原因主要有三个：一是多头管理。红树林就像个苦命的孩子，由于它生长环境的特殊性，涨潮时他在海水里，退潮时他又象似在大陆，林业、海洋、水产、环保、土地、地方乡镇村等部门都是他的爹，都可以签字把他卖了，可当事情败露后谁也不认账。据说此次毁林建塘事件是有某些部门签过字的，但至今没找到责任人。二是人们环保意识欠缺，尤其是各级政府干部对红树林认识不够。不知道红树林还有那么多的用处和说法，以为只是保护区内的不能砍，没想到保护区外的红树林也不能砍，更不知道没有红树林的宜林湿地也不能动。三是在如何合理开发沿海滩涂进行水产养殖方面没有科学统一的规划。

针对这些原因采取有效措施已经刻不容缓，首先，对沿海滩涂养殖作出规划，我市有 20 多万亩滩涂，红树林只有 4 万亩，即使保留那些能够种红树林的滩涂，仍有大量的滩涂可供养殖用，但不是说不能种红树林的滩涂都可以被破坏，湿地也是需要保护的；第二，加强全民尤其是各级干部的科普教育和环保教育已十分必要。科普知识很多，从何学起呢？从与我们身边事物相关的科普知识开始学就简单易行，我们是否可以此事件为契机对红树林、候鸟进行一次全民科普教育呢？我市在这方面有优越的条件，既有国家级的红树林保护区，又有红树林研究所以及全国知名的红树林专家。中央领导多次请科学家讲课不是给各地领导树立了榜样吗？第三、我市应把山口红树林保护区外的红树林划为地方保护区，设专人加以保护。

思考之七、西部开发该走哪一条路？

北海是西部开发战略中仅有的几个滨海城市中最美的一个。可当一次又一次沙尘暴使北京人不敢出门；当一年比一年严重的黄河断流使得母亲河两岸的大片土地干涸荒芜；当渤海距离死海只有一步之远时。我们应冷静反思，西部开发倒底该走哪一条路，是以牺牲生态环境为代价的虚假繁荣之路，还是尊重科学、保护生态环境的可持续发展之路？笔者曾撰文指出，北海的优势就在于她是一块成熟的处女地，北海的希望就在于困难时期能否坚守她的“处女”形象不被玷污和破坏。如果我们将大片的纯洁海滩变成虾塘，将红树林砍得七零八落，滩涂上再也挖不出泥丁和沙虫时。北海还有这样美丽吗？北海还能吸引国内外的投资者吗？

……

文章引起了包括时任国务院总理温家宝和相关部门以及北海市的高度关注。

从某种角度上说，这篇文章是一面旗帜，猎猎迎风，唤起的是一位位后来者对环保理念的践行，对红树林保护的关注。

这位外乡人对于北海执拗的热爱，即使是很多原住民也有所不及。肖仁立曾经利用春节假期，徒步北海漫长的海岸线，并拍摄了大量高清的景观图。面对北海湛蓝的天空和澄碧的海水，他激动地惊叹：上帝太钟爱北海了，才会赐予它这么美的沙滩。这些精美而原汁原味的图片被肖仁立挂在本地一家极聚人气的民间网站“北海 365”上，颇受追捧。

和本名相比，他的网名“阿力”更广为人知。“阿力”始终如一深度关注北海生态、环保、发展的话题，不平则鸣。包括 2014 年的浒苔和团水虱伤害红树林事件，也是由于“阿力”在一次次行走海岸线时，细心捕捉到，并通过发帖将之暴露于公众视野，从而引起了有关单位和广大市民的关注。从某种角度上说，对环保话题的较真也使得“阿力”成了北海市的“民间意见领袖”。

在网络上，“阿力”和他的粉丝们十分活跃，红树林的每一次劫难、复元，都会被他们细心捕捉到，这一片绿水青山，成了他们关注的焦点，他们对于北海，对于北海红树林的殷殷热爱之情，让人铭记于心。

## NGO，走起！

有人说一个城市的文明程度，不是看它有多少高楼大厦，而是看他有多少义工（志愿者）。义工用慈心善举履行着社会公民的崇高责任；义工用行动演绎着奉献精神、利他精神；义工为社会无私的奉献，弘扬着社会“大爱”的文明内涵。

2009年12月，访问北海的美国驻穗总领事Brian Goldbeck(高来恩)，特意邀请以许海鸥为首的北海民间志愿者协会代表进行民间交流，他连说了四个“想不到”：想不到这座城市有那么多市民热衷义工活动；想不到你们这个群体里有科学家、律师、工程师，还有市长；想不到你们为社会提供的义工服务那么广泛；想不到你们这个组织一直致力于关注世界最热点的问题——艾滋病和环保。

而对于北海市民来说，最想不到的是这个团队——北海民间志愿者协会走了这么久、这么远。他们是城市最美的风景、最温暖的记忆。

协会成立于2004年11月，登记会员超过千人，他们以开放、公开的自律规则，用甘愿奉献的志愿价值观，得到社会承认，“公益北海”的旗帜下聚集了社会的公益资源。作为北海市一个公益平台，10年来，协会利用社会力量筹集资金近1000万，为社会贡献20多万义工时，下乡路程达15万公里，资助了1100多名贫困学生，为合浦县山区小学改造和修缮危房项目7个，连续5年承接环保国际项目，连续6年承接联合国全球基金“第四轮中国全球基金艾滋病项目”，为一县三区9个村委会敬老院及蛟龙塘麻风病康复者敬老院建立义工服务点，定期下乡为300多位孤残老人服务。

2008 年，东盟专家考察团来到红树林现场考察

参加和美国驻穗总领事 Brian Goldbeck（高来恩）交流的志愿者中，就有广西红树林研究中心副主任周浩郎。红树林研究人员和环保理念较为先进的民间志愿者可以说一拍即合，姻缘前定。保护红树林，志愿者们首先从“种树”开始。

北海红树林良种繁育基地项目是国家林业部两个此类海防林扶持项目中的一个，总投资 415 万元人民币，其中国债资金 332 万元，用于项目所在地进行海防林育种、繁殖、栽培及科研宣传等。此项目在北海有四处基地，分别是北背岭育苗站，禾沟育苗、种植示范区，大冠沙采种保护区，党江采种保护区。良种基地培育有各种红树林种苗木 80 万株，分别为白骨壤、秋茄、红海榄、木榄、无瓣海桑、桐花树 6 个树种。

北海民间志愿者协会将首次活动地点选在了禾沟。

为了扩大红树林保护的宣传、培养市民爱林护林意识和基本知识，经过协会的多次协调，在市防护林场的大力支持下，2005 年 8 月 21 日，北海市首次市民零距离参与红树林栽种活动在海滩开展。防护林场的职工很细心，在活动之前，已经将路上较险的几处沟坎填平，把路旁尖锐灌木全部修剪过，使得志愿者们来的路上少了颠簸和刮擦。

上午 8 点半，志愿者们向禾沟滩涂进发。出发点到种植地虽然只是短短的一段路程，但是由于道路泥泞、狭窄，志愿者的“玉足”被果断“拉黑”。

男志愿者们主动承担了挖坑、抬苗等粗重活，女志愿者们扶持小苗、浇水；现场还有不少可爱的小小志愿者们，和爸爸妈妈合作，亲手种下红树林，让它们陪同自己成长。这也是非常有意义的事情，亲子的快乐和环保的成就感洋溢在海滩周围。

也许是第一次亲手种植红树林，志愿者们抑制不住内心的喜悦，忙着种植而忽略了滩涂上的小贝壳，一不小心就有人被划破脚。有个搞笑的细节：网友“黑鸭子”在红树林深处，一弯腰捡拾到一枚新鲜的海鸭蛋。大家全乐了，说这枚鸭蛋是“黑鸭子”下的。大家在嘻嘻哈哈的时候，不远处一双温情脉脉的眼睛注视着“黑鸭子”纯真的笑容。和“黑鸭子”一同参与活动的还有当时在北海一家书店做老板的“老读物”，两个志同道合的年轻人都有一颗追求真善美的心。在从事志愿者活动中，“黑鸭子”不仅收获了快乐，收获了意外的海鸭蛋，也收获了自己的幸福。经过两个多小时奋战，北海民间志愿者协会与北海市防护林场职工在北海红树林良种基地禾沟育苗、种植示范区种植红树林无瓣海桑约 45 亩、7400 株。

对于一个城市来说，志愿的精神犹如种子，一旦遇到成熟的土壤和适宜的温度，就会冲破一切阻碍，有力地成长起来。受到他们的感染，北海职业学院一批朝气蓬勃的青年学生加入了志愿者协会，他们常常汇聚一起，在冯家江吊桥附近的红树林自然保护区开展植树活动。紧接着，北航北海职业学院、桂林电子科技大学北海学院、北海艺术设计职业学院的学生们加入了志愿者的队伍中来。广西公益联盟、北海市卫生学校、华夏口才学校、八达自行车协会、北海市无偿献血志愿者服务队、北海市红十字志愿者服务队、斯道拉恩索公司等纷纷加入，聚沙成塔，集腋成裘，每一滴水的融入，志愿服务的河流由小变大。

一到“世界地球日”“湿地日”“环境日”等有环保纪念意义的节日，北海民间志愿者的身影就会活跃在城市的街巷、红树林保护区以及网络上来，呼吁社会关注环境，保护湿地。

北海民间志愿者协会会员参与种植红树

在每年 3 月 24 日 “地球一小时”全球性节能环保公益活动中，志愿者们除倡导熄灯之外，还鼓励个人、社区、企业和城市用实际行动“超越一小时”。

2011 年 3 月 24 日，北海民间志愿者协会、北海香格里拉大酒店和市民们共同组织了红树林种植活动，用实际行动关注环境保护，为地球母亲略尽绵薄之力。他们组织活动时，在细节上十分注意可操作性，这个团队在运作同主题的环保活动上已经相当成熟了。

细节上的完整性除了让这些户外活动更顺利、更安全，也让志愿者们的参与更有可持续性。

除了种树，志愿者们还想方设法开拓多种渠道，做红树林保护的宣传教育工作。他们出了很多主意，包括倡导在快乐中感受环保，在助学中传播文明的生活方式。

2007 年 8 月 6 日，北海的夏天赤日炎炎，100 多人乘坐大巴，从北海往山口红树林方向进发。这 100 多人都是北海民间志愿者协会的会员，乘车前来参加山口英罗小学分校英北小学新教学楼的落成仪式，随同他们一起前来的还有装载整齐的崭新桌椅。

这座教学楼建在合浦县山口镇红树林保护区的核心地段，学校由爱心人士捐助，修建工作由北海市民间志愿者协会操办。协会的几个热心人在会长“西鱼”的带领下，顶着日晒雨淋，一趟趟穿行在北海和合浦的路上。他们看着旧校园的危房被拆除，看着摇摇晃晃的旧课桌被淘汰，又细致地监督着新的教学楼打地基、一层层垒起来、封顶、粉刷……建筑工地上奠基、建设中等字眼不断变换。随着时间的推移，一幢三层共 1022 平方米的教学楼以及围墙正式完工。

协会又多方联络爱心人士募捐了价值 4.2 万元的桌椅，会员们亲手将新课桌椅搬进窗明几净的新教室。新建的教学楼醒目矗立着，和楼前两株粗大结实的榕树交相辉映，浅黄的墙面、墨绿的树木，和谐而清爽。

如今，孩子们终于可以舒心地坐这里读书了。

志愿者们和英北小学的师生注视着缓缓上升的五星红旗，脸上露出欣慰的笑容。这天，英北希望小学正式挂牌。

和英北希望小学同时挂牌的还有广西红树林研究中心的红树林科普教育基地，秉承红树林环保工作“教育从娃娃抓起”的理念，学校被定为“红树林保护教育基地”。揭牌仪式简洁而激动人心。校门前，一名志愿者和一名小学生揭动红绸，掌声轰然鸣响。另一边，写有红树林科普教育基地的牌子也在阎冰博士手起绸落后呈现在大家面前。

新教室走廊上，沿墙挂了一溜宣传画。广西红树林研究中心阎冰博士指着条幅上的精美图片，给在座师生和志愿者们进行了关于红树林知识的详细介绍。孩子们对从小被称作“榄树”的植物又有了新的认识和了解，志愿者们也重新当了一回学生。

此后，北海市志愿者协会多次组织市民、会员到山口开展红树林科普教育活动，让知识教育和环保教育有机的融合在一起。

2009 年 3 月 22 日，英北志愿小学同时也是红树林科普教育基地里热闹非凡，来自城里的叔叔阿姨给孩子们带来了一场宣传保护红树林的“环保音乐会”。

这是由北海民间志愿者协会和北海红树林童声合唱团联合组织的活动，旨在通过喜闻乐见的形式，提高红树林保护区周边群众的环保意识。为此，他们利用业余时间赶排了一场专门的音乐会送到英北志愿小学。

红树林童声合唱团的小演员们纯真甜美、宛如天籁的歌声令人心灵纯净而丰富，为了让当地的孩子们也能参与进来，北海红树林童声合唱团的老师还专门赶到乡下给学生辅导，帮助他们排练了一首优美的歌曲——《我们的田野》。孩子们稚嫩而自信的笑脸、清纯优美的歌喉，令在场的志愿者感到无比欣慰。歌者真挚的声音汇集成股股暖流，这饱含温情的歌声给现场的孩子和家长们以真情的抚慰。

对于在家门口的音乐会，学生们都非常新奇。许多学生家长也自发来观看演出，他们在现场拉着演员们的手说，从来没有人到乡下来开音乐会，他们都感到新鲜，同时更加懂得了保护村子周边红树林的重要性。

山口英北希望小学“红树林保护教育基地”揭牌

志愿者还专门创作了“山口红树林”的诗朗诵，用诗的语言赞美红树林。

演唱会结束之后，为了宣传环保，志愿者和孩子们一起参与了亲手制作“叶拓恤衫”的活动。孩子们在志愿者的协助下，把象征着红树林生态环境的树叶脉络印在 T 恤衫上——一件件白色 T 恤衫，经

红树林童声合唱团的孩子们用心表演

孩子们灵巧的双手装点后，显得极具个性。穿上自己亲手制作的环保服饰，孩子们格外兴奋。志愿者给每位受助学生发放了助学款，准备了书籍等礼物，孩子们雀跃地挑选着自己喜爱的书，脸上的笑容变得舒展。

下午，北海民间志愿者们赶到乡下，给 500 多名农村学生和家长宣传环保。他们准备好了关于保护红树林的问卷调查，广西红树林研究中心也专门派出研究员来到学校，给学生上课。

很多志愿者们都不会忘记这样一个场景。当汽车奔赴山口英北小学的时候，大家在唱歌、聊天，一个活泼开朗的女孩“羽”担当了主持人。身着粉色衣服的年轻女孩像一朵木棉花，脸上绽放着和煦的笑容。“羽”站在车厢前方，邀请大家一起唱歌，并用手语和大家互动。

我来自偶然，像一颗尘土

有谁看出我的脆弱。
我来自何方我情归何处，
谁在下一刻呼唤我……

车厢里，回荡着“羽”和志愿者们欢乐的声音，路途也变得轻快起来。

这一幕，深深地烙印在许多人的记忆里。

而这位叫“羽”的女孩儿，不幸因病长眠于天国，但她的笑容感染着她的志愿者伙伴们继续前行。

同为志愿者的“山娃娃”在“羽”过世后，带着遗憾和痛心，发帖纪念这个善良的女孩。他写道：

我们到了医院。这是一条幽深的廊道，是一条生与死的时光隧道，隧道的那一头是羽的病房。我们默默的走着，脚步声重重地敲打着我们心灵最柔软最痛苦的地方。

其实，到目前为止，我们还没有知道羽的真实名字。我们是在一起做义工认识的，是羽的温柔善良、公而忘私感动了我们，成为我们的挚友。敬老、环保、防艾、助残、助学、义演等无处不见她的身影。

羽有一种迷人的亲和力，有一种无声的感召力，她是我们志愿者协会的中坚力量。

在“羽”罹患癌症之前，她一直是志愿者中的积极分子，对环保更是投入了无比的热情。无论是去海滩种植红林，还是赴邻市防城港参与红树林的公益宣传项目，她都一直走在前列。甚至在患病期间，也坚持远赴厦门参与红树林环教活动，认真听课、记笔记，回来和同伴们分享自己的心得。她给人留下最深刻的印象，就是始终如一的温暖笑容。

“羽”的离开让很多志愿者们依依不舍，但是，在去天国的路上，她并不孤单。

当年一起参与和见证了英北希望小学落成的还有山口镇英罗村党支部书记吴有新。当国旗升起的时候，吴有新晒得黝黑的脸庞上露出纯朴的笑容。

志愿者：羽

2005 年 7 月，吴有新被当选为英罗村党支部书记。自那时起，他多方筹集资金 278 万元，修建新圩至石乐埠村、那畔至英南村以及石东埠总计 10.8 公里村级道路；协调有关部门建好山口英北志愿小学一幢三层 1022 平方米的教学楼以及围墙，联系北海民间志愿者协会捐赠了价值 4.2 万元的桌椅。

2010 年 11 月 27 日，吴有新抱病深入各家各户动员群众参加新型农村合作医疗，在工作的过程中晕倒在地，后医治无效逝世，年仅 57 岁。

吴有新用自己默默无闻的奉献，为英罗村老百姓干实事、办好事，树立了一个共产党员的先锋模范形象，他的事迹在当地群众中流传并引起了强烈的反响。

斯人已逝，但精神犹存在英罗百姓心中。

北海民间志愿者协会的工作引起了国际国内关注的目光。2012 年，全球环境基金小额赠款项目——“广西北部湾红树林生态恢复及生态养殖

志愿者“羽”在敬老院做义工

示范项目”落户北海民间志愿者协会，大家的精神头儿更足了。他们相继组织了一系列守护北海湿地——红树林种植与宣教活动。

在关于红树林的宣教活动中，志愿者们把环保宣讲、护鸟宣传、海滩清洁、垃圾分类等活动串在一起，分组进行。以“垃圾不落地，北海更美丽”为口号，以“爱北海，爱银滩”为主题在北海开展户外大型公益环保活动。活动每人仅收取 5 元活动费用，用于购买清洁用品（如垃圾袋、手套等），活动结余将用于协会敬老、助学支出。

红树林认知和保育意识的薄弱在全国许多地方都有着不容乐观的现状，而各地的红树林都面临不同程度的威胁，单靠红树林项目组孤军奋战，未免精力有限，鞭长莫及。努力培植其他的民间组织，关注当地的红树林保育工作不失为一个明智的出路。

2013 年 4 月 8 日晚，受北海民间志愿者协会邀请，红树林保育联盟与之联合举办“红树林巡护员北海宣讲会”。宣讲会邀请了北海山口英罗红树林保护区的巡护员、对红树林巡护员保护项目感兴趣的志愿团队及市民志愿者一同参加，借此建立起保护区巡护员及北海民间志愿者之间的联系及互动。

宣讲会介绍了“红树林预警机制红树林巡护员项目”的具体内容，分享了全国及北海红树林保护区的介绍和红树林保护工作经验。观众和嘉宾之间的良好互动使得人们对红树林的保护又有了更多更深入的了解。

关于“保护湿地，爱护红树林”的讲座在北海常年开展，招募对象是北海市各界关注红树林的人士，先后来进行讲座的讲师有范航清博士、中国红树林保育联盟的社区发展项目负责人高雪芹等。有时候协会也会主动送会员去外地参加红树林相关知识培训。继“羽”之后，2012 年 12 月末，协会又选派翔翔、黑妞、荷叶三名环保志愿者参加中国红树林保育联盟在厦门市举办的“红树林教师工作坊”。三名志愿者在培训中学习了环境教育的相关技能及环保志愿者的工作方法培训，这些技能和方法对于此后协会开展环保活动颇有借鉴价值。外派培训的志愿者回家之后，必定要和大家做一个分享会，聊聊培训中的学习体会和有趣的见闻，将培训的知识广为传播。

环保的种子就这样萌芽、成长、开花、结果。

山口国家级红树林生态自然保护区周边的村庄多由同源外来移民聚居而成，如山口镇永安村远在明朝就已存在，其居民构成在一定程度上带有“家族”的特性，因此村庄的管理仍保留了具有威望的人士（即“族头”）享有话语权的传统模式。从某种意义上说，“族头”有话语权是对官方管理当地村庄的管理形式之外民间管理的补充，官方行政领导与民间的“族头”又往往是合二为一的。在长期与红树林打交道的历史和生活当中，红树林居民积累了许多有益的处理人与自然关系的知识、技能，形成了独特的与环境相处的智慧和文化，以及分享自然馈赠的约定和习俗。

山口国家级红树林生态自然保护区北界、英罗两村的族头规定，族人不准偷砍红树林，不准到林区内挖掘海洋生物。2002 年 3 月，新屋族人密谋欲出动 30 余人准备在夜间砍伐 10 余亩红树林，然后用船把红树林运到海上销赃灭迹，以便占滩造塘用来养虾。“族头”沈祖新得知这一消息后心急如焚，立即向山口国家级红树林生态自然保护区管理站举报，并亲自带领保护区管理人员找到当事人，动之以情、晓之以理，这一毁林计划被扼杀在萌芽中。

为维护族人从事红树林赶海的传统权益以及防止海水养殖业侵蚀红树林，山口国家级红树林生态自然保护区族头网络应时而生，并与保护区自觉形成统一战线。族头网络分担了保护红树林的义务并担负了管辖一定范围红树林的职责，与保护区所聘请的护林员构成了保护区前沿护林体系，有效地防止了非法砍伐红树林事件的发生。

通过族头联席会，保护区建立了与周边社区联系和沟通的渠道。族头们十分关注山口国家级红树林生态自然保护区生态旅游规划和管理，部分族头还亲自参与了生态旅游的开发和运作,分享了生态旅游所带来的收益。

此外，族头网络还发挥其在族人中的影响力和号召力，利用宗族集会等时机和场合，向族人宣传保护红树林的意义，并规定族人不准偷砍红树林，鼓励采用传统的可持续的红树林利用方式。

山口国家级红树林生态自然保护区依靠族头网络参与管理，是对山口红树林社区传统习俗和文化的尊重，是对利益相关者管理资源和分享权益的理念的推崇。事实证明，植根于当地传统文化土壤上的族头管理网络，促进了红树林及其生物多样性和红树林社区文化多样性的保护，推动了有序且有效的社区共管模式的形成。

为鼓励更多民众共同参与对红树林的保护，山口红树林保护区还引导周边村民自发成立“山口红树林保护乡村组织”，建立村民护林员网络，进行社区共管，迄今已发展会员 120 人。这是由非政府环保组织（NGO）和社区参与的海洋生物多样性志愿者保护网络的一个单元，旨在唤起更多的人参与海洋生物多样性保护。

除了北海民间志愿者协会、山口国家级红树林生态自然保护区族头网络、山口红树林保护乡村组织，在北海还活跃着不少关注红树林生存现状的民间组织。

2013 年 6 月 2 日上午，广西北海红树林关爱与发展研究会成立仪式暨环境教育知识讲座成功举办。广西红树林研究中心主任范航清博士、中国科学探险协会奇异珍稀动物专业委员会副秘书长赵连石为志愿者们作红树林科普讲座，600 余名红树林环保志愿者认真聆听了讲座。

8 月 29 日，北海红树林关爱与发展研究会举办“关爱红树林大型宣传公益活动”。近 300 名研究会会员各自骑着插有“美丽广西、清洁乡村”“热爱家乡、关爱红树林”“关爱红树林、我是志愿者”等字样彩旗的电动车，分成红、蓝、绿三队，绕行市区繁华街路，沿途宣传保护红树林、维护生态平衡理念。巡城过后，他们来到北海银滩东侧的红树林中捡拾垃圾。经过一小时的奋战，共清理了近 5000 公顷红树林中的垃圾。

研究会的“宣传阵地”不仅在北海，协会会员更是自费赶到南宁的广西园博会宣传保护红树林。为了扩大宣传影响，协会还参加了凤凰卫视的《发现新公益》节目录制（已播出）。

为了让红树林的形象更加生动活泼、亲切友好，研究会会员们首先将红树林中的 15 种重要生物设计成卡通形象，然后通过这些艺术形象将其

山口村民参加红树林保护区的监测培训

设计成时尚的红树林生态教育产品，如T恤、钥匙扣、漫画书、儿童玩具、红树林动物棋等等，通过网络、红树林保护区及旅游景点等平台销售。他们甚至希望把卡通形象做成卡通片和影视剧等能够吸引大众的文学影视作品，让大众在娱乐中了解红树林、红树林湿地以及红树林生物多样性等科普知识，并从这些作品中了解环保理念，改善大众的环保价值观，使NGO组织在中国可以展现更大的正能量，蓬勃发展。

研究会希望能积极参与政府及相关部门组织的红树林生态保护活动，广泛与国内外相关机构、组织密切配合，力求探索出一条集红树林及湿地保护与利用、环境教育、公益回报为一体的红树林及湿地可持续保护之路。

北海民间志愿者协会的一位会员曾经写过这样一段话：

有一种生活，你没有经历过，就不知道其中的艰辛；
有一种艰辛，你没有体会过，就不知道其中的快乐；
有一种快乐，你没有拥有过，就不知道其中的伟大。

做义工，参与帮助他人、帮助社会，对于志愿者来说，累并快乐着，付出并收获着。正如民间志愿者协会成立不久，为自己的初心定下的使命：搭建公益桥梁，传播公益理念，推动北海民间公益行动。善待弱小，保护环境，让人们在自然环境最好的城市和谐相处！

北海有你更美丽！红树林有你更美丽！

## 让我看着你飞翔

在中国古典文学、绘画、手工艺品中，树与飞鸟和谐共存的场景历来是艺术家们钟爱的题材。

“枯藤老树昏鸦”，营造出断肠人在天涯的漂泊感；“两只黄鹂鸣翠柳，一行白鹭上青天”，明媚清新，色调明快；“几处早莺争暖树，谁家新燕啄春泥”，春意盎然，一派天然；“羁鸟恋旧林”，游子叶落归根的思乡情结浓郁深沉。

在红树林的上空飞翔、栖居有白鹭、黑脸琵鹭（珍稀动物）、猫头鹰、树鹨、白鹤等鸟类，留鸟、候鸟算在一起有 100 多种。仅山口红树林栖息就有 118 种鸟类，其中 102 种是候鸟，这些候鸟中 13 种为夏候鸟、64 种为冬候鸟、25 种为旅鸟。

候鸟喜欢栖息于沿海红树林区域及周边地区，红树林为鸟儿提供栖息地，鸟儿捕食红树林中的害虫。鸟是树的花朵，树是鸟的家园，鸟与红树林是和谐的一家。

在城市保护红树林的进程中，护鸟爱鸟成了其中最重要的内容之一。

说到爱鸟护鸟，不得不提及北海的地理位置、城市沿革和历史建制。北海于 1949 年 12 月 4 日解放，其时为镇，属广东南路专区的合浦县管辖。之后几经反复，最终于 1965 年 6 月又划归广西。作为沿海城市，北海保留了粤地的生活、语言和饮食习惯，日常饮食中意煲汤，各种老火靓汤成为餐桌上不可或缺的重头戏，以烹调山珍野味见长的靓汤历来十分受欢迎。

“秋风起，吃野味。”北部湾区域位于东亚－澳大利亚全球候鸟迁徙路线上，是重要的候鸟迁徙停歇地，每年秋天都会有无数南飞的候鸟途经此处。多年前，人们还没有环保概念的时候，除了佛家不杀生的理念之外，此地食客对于野味类食物并无反感。食用和捕捉候鸟并不是为了满足温饱的口腹需求，而是历史上形成的地域传统饮食文化的传承以及牟取利益的驱动。这样的“文化”对于生物多样性保护来说可谓灾难之源，要想有所改变，绝非一日之功。

随着环保理念的普及，有见识的人们开始自觉抵制这种野蛮无知的行为。公然打着“野味”招牌的餐饮店越来越少，但仍有不少市场、食肆偷偷叫卖，政府的管理时松时紧，捕猎、宰杀的人铤而走险，而食者更是不缺。

据估算，北海市每年被捕的候鸟不少于 1 万只，被捕获的鸟类中有鹰、雕、隼、鹞等属于国家二级保护动物的猛禽，还有鹤、鹭、鹬、鹛等鸟类。非法猎捕候鸟者唯利是图，采用捕尽杀绝的方式猎捕候鸟，对候鸟危害极大。

一天早上，北海市韦先生正带着队伍在银滩东面的冯家江海边进行拓展训练。韦先生等人看到海边一个水塘处，停着两辆桂 A 牌照的高档轿车，车上的人正在张网捕鸟，韦先生马上用手机拍摄。他们还听到附近情人岛上有枪声，枪声惊起一片正在海边栖息的候鸟。韦先生把这一情况告诉了

红树林上鹭鸟翔

北海市保护鸟类的民间团体——百林鸟志愿护鸟队的队长陆先生。

百林鸟志愿护鸟队的成员骑行到北岸红树林湿地，陆先生同时向北海市森林公安局的负责人报告。可当大家赶到冯家江海边后，捕猎者已开车离开。赶到现场的森林公安局民警和志愿者们在附近海边和水塘边拆除了4张共约800米长的捕鸟网。当天，森林公安民警、广西海监九支队的执法人员与志愿者一起，在北岸和冯家江海滩共拆除捕鸟网上千米。

发生在北海红树林边的这一幕，对于民警和志愿者们来说既熟悉又痛心，这已不是北海秋季的第一起护鸟行动。

年年秋风起时，捕鸟、卖鸟、护鸟的战役也同时拉开。正方是林业执法人员、市民志愿者、企业志愿者及高校志愿者，主战场是大冠沙湿地、高德垌尾湿地及冠头岭下的海边。

2009年10月28日，一封公开信摆在了北海市市长连友农的桌前。

尊敬的连友农市长：

您好！

我们是来自广西各地的观鸟爱好者，2009年10月24日、25日，我们有幸参观了北海市，北海市快速发展的城市建设和优美的滨海风光让我们迷恋。当然，我们来北海的另一个目的是观测、调查迁徙候鸟的情况。北海特殊的地理位置，使其成为很多候鸟迁徙的必经之地，每年秋季，大批的候鸟从北方飞临北海。有些鸟在此过冬，直至来年春天重新飞回北方繁衍后代。而有些鸟则只是在北海停栖休整一段时间，然后再度起飞，奔向大海彼岸的冬栖地。目前正是猛禽类向南迁徙途经北海的时候。

北海由于生态环境保护得很好，成了猛禽停栖觅食的首选地。每天都可以看到成群的猛禽盘旋于上空。我们这两天观测到的就有凤头蜂鹰、普通鵟、灰脸鵟鹰、红隼、阿穆尔隼、黑冠鹃隼、松雀鹰等，数量有上百只。漫天飞舞的猛禽吸引了众多的市民及游客前来观赏。然而，半山腰上四处响起的枪声却打破了城市的宁静，那是偷猎者在猎杀猛禽。24日下午16时许，我们与众多的游客亲眼目睹了一只凤头蜂鹰在空中被枪击中后坠落的悲惨一幕。

根据《中华人民共和国野生动物保护法》及其条例规定，非法捕杀国家重点野生保护动物是违法行为，情节严重、构成犯罪的要追究刑事责任。目前，几乎所有的野生鸟类都已经列入受法律保护的野生动物范围，其中，猛禽类（包括鹰、雕、隼、鸢、鹞、鸮等）都是国家二级保护动物。偷猎分子使用枪支捕杀猛禽，不仅违反了《中华人民共和国野生动物保护法》，而且他们持有的枪支是否合法也值得怀疑，假如属于“黑枪”，那么，不仅对鸟类是个伤害，对北海市的广大人民群众的生命也构成了威胁，是容易引发严重违法犯罪的根源之一！

为此，我们恳请市长您能在百忙之中，抽出时间过问一下此事，督促公安机关在巩固以前收枪治暴取得成果的基础上，进一步增强工作力度，收缴打击社会上尚存的少量黑枪，既是对鸟类的保护，更是保证北海市长治久安、维护社会稳定的一项重要的工作。

同时也请您督促正集中精力忙于集体林权制度改革工作的林业部门，不能放松野生动物（鸟类）的保护工作，结合森林防火工作，抽出一定的人员和时间来做这项工作。还有，请政府督促工商部门联合林业部门，加强对市场巡查管理，依法取缔进行野生动物（鸟类）交易的地下市场，打击贩卖、购买野生动物（鸟类）的行为。

……

以上建议，请市长您参考。再次感谢市长您花时间来阅读此信并过问此事，谢谢！

公开信引起了市长连友农及北海林业部门的重视，他们主动联系北海当地网站和志愿者组织，希望在全市开展一次由市民参与的“爱鸟护鸟公益活动”，走进冠头岭山下的村子，走进市场，倡议村民不捕鸟，市民不吃鸟。

广西环境保护及观鸟爱好者：

您好！感谢你们对北海的城市建设和优美的滨海风光建设以及我们的工作提出宝贵的意见！

你们于 2009 年 10 月 27 日致北海市市长的一封公开信，我们对此非常重视，专门召集了北海市公安局、林业局等有关单位召开了“爱鸟护鸟”

专题会议，研究部署“爱鸟护鸟”工作，责令北海市公安局、林业局等有关执法单位严厉打击非法猎捕、杀害、收购、贩卖候鸟，严重伤害候鸟及破坏其栖息环境的违法犯罪行为。

……

鸟类是人类的朋友、是美丽的精灵、是文明的传播者。希望大家能共同保护这些南迁的朋友，做到不捕鸟、不贩鸟、不吃鸟，让鸟儿在美丽的蓝天下自由飞翔！

再次感谢广西环境保护及观鸟爱好者们对我们工作的大力支持，为我们北海的林业健康有序发展，为我们的城市建设提出宝贵意见。希望在今后继续支持、监督我们的工作。谢谢！

作为对此事的回应，连友农马上布置林业部门开展打击工作，要求“坚决打击猎捕候鸟的行为，让北海成为候鸟的安全驿站”。为此，市里还拨出专项资金。

此后不久的12月5日是国际志愿者日，北海150名志愿者与森林公安局民警携手，来到北海国家森林公园——冠头岭，深入村民家中、餐馆和山上，向村民和游客宣传共同爱护鸟类，维持生态平衡。

活动当天北海北部湾广场活动集中点人头涌动，原定征集80名志愿者，最后来了150多人。志愿者中还有一位特殊的人士——英国人卡尔，这位雪肤金发的老外居住在北海，从网上知道消息后，一大早赶过来参加活动。

志愿者首先来到冠头岭山脚下的地角镇新营步东村，大家分成多个小组，到各户进行宣传和填写调查问卷。其中一组人员来到一户门前，还没来得及亮明身份，一位孕妇就把他们挡在门外。在跟志愿者交流后，这位孕妇表示，自己支持“爱鸟护鸟”活动，劝阻亲属和邻居不打鸟、不卖鸟。

在村口一家小卖部，60多岁的蔡大爷接受志愿者的问卷调查时说，他从小就开始打鸟，每年打下的鸟不少于几百只，有时一天就可以打10来只猫头鹰。最近几年，听到宣传说禁止打鸟，公安抓得越来越严，他仔细想想也觉得一个活生生的生命从天上被打下来，多少有点残忍，也便就此罢手。

其实像蔡大爷这样从盗猎者转变为旁观者的人不在少数，而从盗猎者跨而转为护鸟者也有其人。

网友“百日无雨”也是这样“华丽转身”中的一位。

秋天时，北海民间志愿者们在有关部门的协助下，拉着100多人的队伍浩浩荡荡地进军冠头岭，进行了一次声势浩大的护鸟活动。

活动过程中有会员在讨论什么地方打鸟的人最多？在哪个时间段有些什么鸟？“百日无雨”如数家珍，一一作了详尽的描述。对方怔了怔，忽然好奇地问：“请问你做什么工作的？怎么对鸟类活动这么熟悉？”“百日无雨”有些尴尬：“我是做工程的，对鸟类活动熟悉是因为我以前就是猎鸟分子中的一员！”对方死活不信。

“百日无雨”没有说谎，他以前的确热衷于打鸟。

“百日无雨”清楚地记得，自己小学的时候就开始打鸟，那时打鸟的工具用的多是弹弓。为了能做一副好弹弓，他竟然趁爸爸周末从军营回来时，偷偷把他的军靴割了一块来作材料——后果当然是被狠狠揍了一顿。

那时的人压根没有什么爱鸟护鸟的意识，如果有人说护鸟，别人肯定会觉得对方脑子有问题。“百日无雨”曾经用弹弓打下了一只“收鸡鹰”(鹰的一种，最喜欢俯冲下来捕食小鸡)，因这一“壮举”而成了小伙伴们崇拜的人物。毕竟那时打鸟所用的“子弹”只不过是捡来的滑圆石子，哪像现在有什么双管五连发猎枪的弹包！

后来读了中学，只要放假回农村，“百日无雨”就会去打鸟。当然工具已“鸟枪换炮”，用上了杀伤力更强的汽枪。当时出了一些禁止捕鸟的规定但从没有执行过，形同虚设，打鸟在许多人眼里还是顺理成章的事。不过令“百日无雨”永远没法忘记的是因为打鸟，邻居家里的一个天真活泼的小孩被汽枪的铅弹射中，永远失去了一只眼睛。看着邻居小孩的痛苦和孩子母亲的泪水，那一刻他感受到了一股深重的悲哀！

一直到“百日无雨”考上大学，外出读书，打鸟的行径才暂停。可毕业工作后，由于两个同事喜欢打鸟，所谓“近朱者赤，近墨者黑”，和他们素来交好的“百日无雨”不知不觉中又加入了打鸟的行列。那时打鸟装备大大超过从前，他们用的是单管和双管猎枪，连在天上飞的鸟也能打得下来。

红树林上空飞翔着的鹭鸟

“百日无雨”第一次和同事们用猎枪打鸟是在沙湾，那是在秋天农历9月的一个清晨，他们在村边一片草地上等着。因为对于从海边飞过来的那些疲惫的鸟儿来说，冠头岭的那片绿色简直是一种诱惑，所以这是它们的必经之路。旁边也有很多打鸟的人在等着，捕鸟者都已经十分熟悉了。

等了很久同事去了厕所，这时一群火鸽飞了过来，目测有100多只，高度大概30米左右。鸟儿飞得很快，“百日无雨”一把拿过猎枪，瞄准、扣扳机，没响！鸟儿平安飞了过去。仔细一看，原来还没上膛。后来同事回来了，“百日无雨”把“鸟情”告诉同事，同事无比遗憾地说，如果那一枪响了，这是最佳射程，起码得掉下二三十只。二三十只？二三十条小生命？这么厉害？！“百日无雨”震惊了，再看看身畔这么多枪支和打鸟的人，可以想见鸟儿的多舛命运了。

由于上班忙碌，大家并没有太多时间去打鸟，但“百日无雨”略略估计，这么多年下来，也还是有不少的鸟在自己手里丧命。

一个偶然的机会“百日无雨”在海泰别墅做工程，在那里认识了一个叫“肥马”的监理——一个彻头彻尾的志愿者，“肥马”把“百日无雨”引进了志愿者的行列。

“近朱者赤，近墨者黑”，这句话被再度印证。看着“肥马”整天快乐充实的生活，“百日无雨”颇为羡慕，被带着走上了另一条路。他不仅参与了环保、助学，奉献爱心，还从打鸟分子转变成了一个坚定的护鸟者。

这位地道的北海仔的心路历程也是北海青年的寻常故事，他的故事引起了不少人的共鸣。

为了能让捕鸟重灾区的北海成为护鸟的主战场，爱鸟的人可谓煞费苦心。志愿者们联合北海市森林公安成立了“百林鸟志愿护鸟小分队”，队员们之间彼此称为“鸟友”。而“鸟友”中，最活跃的莫过于“大虎”“大雨”“大三小二”“红鼻子”“铁骑”“伯劳”几位。

“大雨”是网名。在现实生活中，他是一名警察。

一直以来，“大雨”一直用镜头记录鸟类生存状况、传播环保意识。在他的镜头中，海鸟是可爱的精灵，是降落人间的天使。

为了让市民认识身边的候鸟，志愿者们将“大雨”拍摄的候鸟图片展搬到冠头岭景区、大冠沙红树林景区、社区和中小学，让大家都能看到各种迁徙候鸟图和介绍。不少市民慨叹：在北海这么多年，竟不知还有这么美丽的鸟在身边。

周末，志愿者组织家长带孩子上山，或到海边观看红树林湿地中的飞鸟。沿海渔村的小学生有了变化，他们有的主动回家动员家长拆除自家立的捕鸟网，有的悄悄带志愿者去拆除捕鸟网。一些村民还主动带志愿者上山，对冠头岭上的捕鸟场地进行实地调查。这些捕鸟场大多数是这些村民设的，自然熟门熟路。“大雨”感慨而欣慰：“仅 5 月 30 日一上午，村民就带我们查到 14 个捕鸟场。”

如何才能有效阻止、打击偷猎者的行为呢？这也是森林公安民警和护鸟志愿者一直在思考解决的问题。通过调查他们发现，偷猎者其实大都为周边的村民和一些有特权的市民，前者以打鸟为生计，后者则是为了显示身份和消遣。

对于后者来说，不怕公安就怕鸟友和志愿者。民警执法在明处，他们远远看见便逃避，民警警力不足，正面交锋机会不多。而鸟友却无处不在，在暗处把打鸟者拍摄下来曝光，甚至当场组织一群鸟友对偷猎者进行教育和干预。

鸟友“大雨”谈起了自己和其他志愿者往年的做法：“我们把偷猎者常去的地方设置成观鸟点，把他们的地盘给占了，让他们无处藏身。他们一看人多，也不敢打鸟了。”

2013 年秋天，森林公安和鸟友们一起在冠头岭上选择了 30 个偷猎者经常去的地方，进行定位和标示，准备在这些地方建立观鸟点。他们在山上拆掉几个打鸟人用于诱捕鸟类的木棚，并挂了 20 多个“爱鸟护鸟监控点”的木牌和近 10 条宣传爱鸟的横幅。

通过“大雨”的牵线，项目组还把众多鸟类博士请到北海，给志愿者们作了题为“野外观鸟及北海的鸟类资源”的讲座。蒋博士结合大量的鸟类保护科研课题、野外考察实例、精美鸟类摄影图片，系统地介绍了观鸟和护鸟的基本常识。

这个行动也得到了国际野生动植物保护组织的支持，该组织已经在冠头岭上建立起了猛禽监控站，专门对途经北海的大型猛禽进行统计以用于科学研究，这在国内尚属首次。

鸟友“铁衣”从捕鸟网上救下来一只游隼，凭着丰富的鸟类救护经验，“铁衣”给它戴上了鹰帽，消毒后又给大鸟的腿上了夹板……

游隼是国家二级保护动物，是隼属最大的一种，又名花梨鹰、鸭虎，是生活在北美洲的昼行性中型猛禽。游隼飞行速度很快，俯冲时速可达每小时 389 公里，是世界上飞得最快的鸟类。

救回的这只猛禽胸部和脚受伤了，“铁衣”分析，游隼的脚有可能断了，护理起来会有点麻烦，但自己又没有整块的时间。于是，他在民间网站“北海 365”上发帖，“紧急招募数名志愿者，救护一只断腿游隼”，帖子立即引起了大家的关注。

他在帖子里要求志愿者要爱护野生动物，每天有一定空闲时间可以照料伤鸟，在培训班上过“大虎”老师猛禽救助课的更佳。工作内容要求每天购买食物给游隼喂食，观察游隼伤情，清洁游隼暂居场所，做好每日救护日志。

经过热心的志愿者们悉心呵护，数周之后游隼渐渐恢复了生机。一个艳阳高照的上午，志愿者们将已经恢复如初的猛禽在野外放生，只见游隼振翅飞向林间，并无盘旋留恋。

和谐的红树林

也许自由飞翔就是对这些爱鸟护鸟之人最好的告别吧。

巡山、拆鸟网、环境教育、鸟类知识普及、救护猛禽……“鸟友”们一直在行动。

除了冠头岭，森林公安民警与鸟友、志愿者们最常去的地方还有大冠沙红树林湿地。

“海上森林”的红树林是鸟类的天堂，景区的红树林里栖息着各种各样的海鸟，其中最多的是白鹭，群群白鹭在林间觅食玩耍，怡然自得，偶尔被渔人惊起，百鸟飞翔的景象蔚为壮观。

一种叫牛背鹭的鸟最可爱，它以牛背上的寄生虫为食，因此总是落上牛背。在这里，你经常可以看到牛儿在慢慢地吃草，背上立着一只白鹭，非常写意而和谐。

海边废弃的塘边栖息着许多海鸟，其中有白鹭、池鹭、中杓，还有上千只须浮鸥，有的栖息在电杆上，有的围在虾塘上空伺机捕鱼。鱼塘老板林先生说，每天都有上千斤鱼被海鸥吃掉，但他也不忍心打它们。林先生脸上露出一丝温情的笑容，说："别说你们这些记者和摄影家，就是我们也爱看海鸥飞。"

广西有一首很著名的民歌：

花针引线线穿针，男儿不知女儿心，
鸟儿倒知鱼在水，鱼儿不知鸟在林。

歌声甜美婉转，意境简单生动。

鸟儿、鱼儿、树林，男人、女人、生活，只有众生平等，"万类霜天竞自由"，才有和谐与安宁，甜美与幸福。

## 舌尖上的生态

治理、修复湿地生态环境，建设美丽中国，如今已是中国生态文明建设的重点，对于广西各级政府来说更是如此，"美丽广西，清洁乡村"已经成为一种常态。在北部湾沿海，花大力气用于红树林湿地生态的恢复无疑是最生态环保的选择。

人工繁育红树林是保护和发展红树林的重要方向，然而发展人工红树林却不可避免地遭遇保存率低、无地可种的瓶颈问题。

中国地质大学（北京）海洋学院硕士生导师杨娟曾经提出：要缓解人工红树林无地可用的局面，政府相关部门不妨采用"以退为进"的策略。那些不愿退围还林的养殖户也有自己的苦衷：拆了他们的"围"可能就断了他们的经济收入。政府宜"疏"不宜"堵"，不妨以此为切入点，对退围还林的渔民予以适当经济补助，并培训、发展其成为养护人工林的技术员等工作人员，变养殖户为"护林员"，可能会收获双赢的效果。

怎么能够为红树林周边居民找到一条替代生计，避免因生物多样性保护而受到限制、禁止从而造成生计受到影响的道路，已成为燃眉之急。

作为学者，杨娟的建议很正统也是生态保护区最常见、最普遍的做法。关于怎么实现红树林的社会环境效益与经济效益共同推进，各方各面都一直在探索，也都一直未能找出受惠面更广、操作性更强、更接地气的方法。

相形之下，广西红树林研究中心主任范航清“让树生钱”的生态养殖模式的探索和实践引起了国际国内的广泛关注。这种模式不但环保价值高，不砍一棵红树林，不破坏红树林生态系统，保持红树林中原有的生物，比如青蟹、文蛤、泥丁、泥蚶等，经济收益还高，是普通红树林间养殖效益的 10 倍以上。养殖物产出的粪便，还可通过管道排到附近种的红树林苗圃里做肥料。

有人形容此举大胆、前卫，也有人形容这是异想天开。但谁都不可

红树林生态养殖场所

否认他的团队在收获经济成果的同时，最大限度地保护了红树林生态的完整性。

在范博士的基地里，只要退潮就能看见成片红树林淤泥里，“长”出一排排白色的管子，这就是范航清博士发明的“地埋式水体自更新管网生态立体养殖系统”。因为管子插在红树林中，也被人形象地称为“种鱼”。

这究竟是怎样的一次创新，又有着怎样的现实意义呢?

故事要说回到9年前，甚至更早。

科学界把红树林可持续利用的标准界定为：对环境影响小，不砍伐红树林，不占用红树林生态环境，不改变红树林滩涂自然属性；促进红树林生长与恢复；有利于生物多样性恢复与维持；有助于减轻贫困，大幅度提高单位面积的现金收入，提供替代生计；提高自觉保护意识，形成保护激励机制。

而此前红树林的利用模式是——

基围养殖：实际上是在红树林内砍树建虾塘，改变红树林生长的地形地貌；

围网养殖：虽然对生态干扰小，但单位面积产量低，海岸鼠害易造成崩网，养殖回捕率小于15%；

放养家鸭：大量家鸭增加排泄污染，导致蛀木生物“团水虱”爆发，造成红树林成片死亡……

基于以上的科学标准和社会现实，范航清开始了地埋管道保育系统的思考和研讨。经过缜密思考，范航清认为可持续的利用是切实保护红树林的一个很重要的途径，是全球红树林保护的重大战略需求，该观点在《南中国海红树林保护战略行动计划》得到了肯定。

2004年，范航清接手了联合国一个科研项目，这个课题也正是范航清琢磨了20多年的关于红树林湿地保护的项目。早在1993年，范博士在发表的第一篇红树林原位生态养殖的论文中，就提出了生态养殖工程模式的构想。但由于缺乏资金和经验，思路只能停留在设想上。直到2005年，该设想获得了联合国环境署全球环境基金“扭转南中国海与泰国湾环境退化趋势”南中国海项目的支持。

2005年，范航清力促“地埋管道保育系统”获得全球环境基金立项，

生态养殖

并得到自治区科技厅、财政厅的大力支持。

同一年，范航清依托其野外基地的 3 亩红树林，开始搞红树林生态文明创新实验基地——地埋式水体滩涂鱼类生态的养殖。

2007 年，范航清带领研究团队在防城港基地试验地埋管道保育系统，以半开放管网的方式在红树林里铺设各种管道。

2009 年，科研组第一次投放 200 公斤鱼苗，一夜之间鱼翻白肚，损失 5 万元，导致资金紧张，科研团队陷入一片质疑之中。

范航清和 John Pernetta 在防城港红树林示范区项目文件上签字

范航清也有点儿心慌，但他是领头人不能惊慌失措。他做队友的动员工作："失败是成功之母，渔民都看着我们，我们不能气馁。"然后他带领大家重新调试管道，修补漏洞，从头再来。

作为一个科学家，他有着更为贴近现实的心态和习惯。在他的理解，所谓创新，必须得与实践反复碰撞！

那几年，范博士常常到防城港的项目基地去，每天晚上都跟几个养殖专家喝点小酒，微酣耳热，思路洞开。他讲理论，养殖专家从实践角度帮他解决问题；养殖专家讲经验，他试着用科学方法来梳理和提升。

关于地埋式网管，起初范博士尝试过在林间挖小池，但是水不流动，后又建两个池，中间加条管，但是效果依然不好。这几个"酒友"专家通过多年的养殖经验提出将管道埋到地里。但缺氧如何解决？又成了新的问题。

有专家提出，要不竖起一根管，通过网眼增加氧气。范博士觉得可行，于是再度调整，不但解决了缺氧问题，还一举两得，涨潮时，大量的天然饵料通过网眼进入管道，为鱼提供了丰富的食物。

就这样，系统被一点一点修改完善。

"种鱼"系统是立体式的，以不砍红树林、保持红树林生境系统为原则，将养殖管网埋在泥里，隔几米就竖起一根管子用作换气。冒在地面上的水体自我更新，管子下面还连着一根管，围在树林周围，养殖就是在这根管子搞出来的，最后汇聚到一个鱼塘。这个鱼塘和传统鱼塘相比，只需占很少的地，范航清诙谐地给这个生态养殖基地取名"2.5 星级宾馆"。

没有人比这些工作人员更熟悉海洋的脾性了，每一次海潮涨落，都是他们"种鱼"系统的天然机械动力，利用潮汐的作用，整个系统得以运作。一段时间以后，养殖的鱼都已略通人性了。每天饲养员来喂食，只需敲击管道，鱼就会迅速地游过来。而"饲料"就是林地的一些天然小鱼虾，绝少使用药物，从而避免了污染水质。

目前他们主要养殖中华乌塘鳢，这是一种与红树林相适应的自有物种。中华乌塘鳢俗名泥鱼、杜鳗、乌鱼、塭鱼、土鱼、蟹虎，是高蛋白低脂肪的名贵食用鱼类，其营养丰富、肉质细嫩、味道鲜美、肥而不腻、鲜而不腥，是名贵高档食用鱼类之一，向来受到广大食客和港澳客商的青睐。民间有将中华乌塘鳢作为优良滋补食品送给病人手术后食用的习惯，能加速伤口愈合。中华乌塘鳢市场价格达到每公斤 150 元左右，可以说经济价值相当高。

2010 年，地埋管道保育系统第一次产鱼 150 公斤。

此后，保育系统每年都能正常产鱼。管子里养殖的鱼与同等单位养殖面积相比，增收将近一半，而且还不包括红树林里的其它海产品收成。

基地的红树林已由开始之初的 3 亩发展到 10 多亩。现在，生态养殖的亩产值已经达到 6000 元以上。

试验表明，地埋管道保育系统面积占基地红树林面积的约 2%，生境干扰小，10%-20% 的饵料来源于自然海区，能有效促进红树林和生物多样性恢复；利用潮汐能驱动，低碳环保；鱼苗当年投放成活率 80%，回捕率 95%，每年每亩鱼产值 0.7 万元至 1.2 万元，为红树林自然产出的

15 倍以上。

更为重要的是，地埋管道保育系统为解决红树林保护与开发利用之间的尖锐矛盾提供了一个创新途径，将人类生产海洋鱼类蛋白质的空间由地表水扩展到地下，也为红树林生态文明建设增加了一个生动具体的着力点。

穿行在范博士和他的团队在林中滩涂建起的“海上栈道”，树在头上、鱼在脚下、人行其中，那一刻，真是感觉大千世界，万物和谐。

业内人士将范博士的养殖模式喻为“舌尖上的生态”，因为海洋生态与人们餐桌上的食物密切相关，只有解决好农民吃饭问题、生存之道，才能更好地推进海洋生态建设。

执着的范航清解释自己的最初动力：“老百姓把红树林砍掉，变成虾塘，才能养鱼。我就是要留着红树林，还要能养鱼，这就是我们要回答的

红树林里中华乌塘鳢生态养殖区

问题。我们的思路是，既能让老百姓认识到红树林的重要性，又能让他们直接受益。”

几年来的实践证明，该模式不仅能够保得住红树林，还能继续发展红树林。此模式受到示范地防城区农民的欢迎，赞其为“树要长，种（生物多样性）要保，钱要挣，酒要喝”。这“酒要喝”就是和谐发展，方方面面都满意，皆大欢喜，“生态文明”“物质文明”双丰收。在他们看来，生态养殖成果成功与否的衡量标准就在于此。目前，北海、防城港和钦州三地公益组织已经利用“全球环境基金小额赠款项目”开展了中华乌塘鳢的红树林生态养殖推广。

“基于地下管道的红树林原位生态保育系统”被列为《国家“十二五”湿地保护工程》重点示范项目，2012 年 10 月，“亚太地区红树林恢复与可持续管理激励机制研讨会”在北海召开，各国专家给予一致的评价：“基于地下管道的红树林原位生态保育系统”是全球首创，在亚太地区红树林可持续保护中具有重大应用前景。

也有人对他们这种模式有“天然的怀疑”，人们担心它会不会带来一些负面效应？是否可持续发展？

范航清目光坚定：“我坚持认为，生态养殖对树林是有好处的，因为红树林不光是树，它是一个整体的生态系统。实际上，这种模式仅仅是利用了红树林很小的一个部分，是生态系统的一个小环节。我们的初衷和前提是保护红树林。”

范航清和他的科研团队建立的红树林生态文明创新实验基地，引起了各家媒体记者的关注。2013 年 3 月，《美丽中国——湿地行》系列节目制作组抵达北海，开始了近一个月的实地采访。5 月 22 日，系列节目的第 3 集《海岸卫士——广西北海红树林湿地》播出，其中中华乌塘鳢的规模化养殖作为该专题片的重头戏，通过 CCTV 国际频道播出，引起了全球华人的关注。

国家林业局湿地办主任马广仁在第三届中国湿地文化节大型电视访谈节目《8+1 对话》中表示：“从保护上，按照湿地公约的精神，我理解是两句话，一句话叫有效保护，第二句话叫合理利用。”应该说，范博士和他的团队做到了这两句话。

防城港榕树头古榕树

南中国海周边国家是全球红树林的分布中心，其红树林面积占全球红树林总面积 1576.3 万公顷的 30.54%，该地区的绝大部分是临海经济欠发达国家，对红树林原位生态养殖有着强烈的兴趣和合作意向。联合国环境规划署已将红树林原位生态养殖和增殖技术的研发和推广纳入《南中国海红树林战略行动计划》。

从单纯的研究、保护红树林到合理开发、利用红树林，一路走来，范航清意志更加坚定，视野更加开阔，思维也更现实。

红树林是广西北部湾可持续发展的一个突出标志，其保护问题是国内外关注的一个焦点。通过合理利用，将红树林资源优势转化为产业优势，同时形成“保护红树林就是保护钱袋子”的共识，是全球红树林保护的战略性需求，也是落实党的十八大精神关于“生态文明建设”的一个重要举措。而且长期以来，在国家和全球层面上，广西缺少具有影响力的海洋科技创新技术，不仅影响到广西的海洋科技工作，也影响到广西占领海洋新兴产业高地。

由此，范航清向政府提议在钦州茅尾海建立全球第一个红树林保护与生态利用的战略性示范基地“中国红树林生态文明创新与示范战略基地”，示范红树林保护恢复与利用互相兼容的可持续理念和创新技术体系，为解决全球红树林保护与社会经济发展之间的尖锐矛盾提供一个战略性平台，引领中国海洋生态经济的突破，提高广西和中国在亚太地区海洋生态保护问题上的话语权，为公众提供海洋生态经济科普旅游的天然博物馆。

建设内容包括：保护和恢复种植红树林，建设中国红树林和滨海濒危植物种源库；在红树林地下部进行鱼类保育，在林内滩涂进行贝类恢复，在红树林浅海区进行海洋生物资源增殖、示范生态养殖和保育模式；建设“科研教育楼”“亚太地区红树林生态文明交流与培训中心”，展示中国的海洋创新技术和注重海洋生态保护的国策，促进广西与东盟各国海洋合作等，基地建设匡算 2500 万元人民币。

不得不承认，以前红树林是一块烫手的热山芋，“有保护没开发，可看不可用”。如今实践证明生态可以赚钱，环境也能增效。范航清不无期待，当红树林变成摇钱树，红树林保护就容易了。当红树林变成摇钱树，海洋经济可持续发展必将实现全面丰收

范航清心中有一笔“海洋经济账”：截至 2012 年，中国有红树林约 2.4 万公顷，国家规划恢复红树林到 6 万公顷。其中，可开展原位生态养殖的红树林面积约 5 万公顷，加上互花米草（海洋入侵物种）滩涂约 6 万公顷，合计 11 万公顷。按每亩年产值 0.8 万元计，每年可产出 132 亿，为 16.5 万户家庭提供海上就业机会。

可是与此同时，广西还有陆基虾塘超过 50 万亩，这是广西北部湾近海仅次于入海河流的第二大污染源。如何将传统虾塘进行生态改造与产

业升级，在争取不低于传统虾塘养殖经济收益的同时大幅度减少污染入海排放量，促进海洋生态文明建设，已成为广西红树林研究中心的又一个新命题。

当然其前提是要整合红树林后方的虾塘，因为生态养殖需要退潮后的海水驱动。虾塘养殖与红树林地埋管网生态养殖如何耦合起来依然是一个巨大挑战，它涉及虾塘纳潮高效益养殖方式和土地所有权与收益权的统一问题。

不论如何，中心在红树林生态养殖方面跨出了重要一步。中心的工作人员心里有这样一个宏观蓝图，那就是“海陆过渡带蓝色蛋白高效培育自净化大系统”，大体包括陆基生态虾塘养殖与休闲渔业—海堤减灾—红树林地埋管网养殖—滩涂增殖—近海天然繁殖子系统。理想很大，命题很难，却值得为之前赴后继的攻关。

广西在中国—东盟自贸区建设进程中发挥着前沿地带的作用，当前广西正加快北部湾沿海地区的开发建设，北部湾经济区风生水起。范航清呼吁广西充分发挥自己的技术优势和特色资源，抢占先机，引领全球红树林的可持续保护与合理利用，将红树林作为北部湾“生态环境卫士”的作用不断加强，让“海洋强国”梦想成真。

## “十大魅力湿地”

2013 年 10 月 31 日，在北海北部湾路上某家本地大排档里，一帮新闻圈的朋友聚在七嘴八舌谈工作，聊采访见闻。此次聚会有一个主题，等候晚上 8 点 CCTV1 的重要节目。

8 点整，中央电视台 1 号演播大厅内灯光璀璨，主持台背后，两株 2 米多高的红树植物被灯光映照，显得格外俊秀挺拔。由中央电视台主办，历时近半年的“美丽中国・湿地行”大型公益活动落下帷幕。

当著名主持人李瑞英宣读首个荣获“中国十大魅力湿地”获奖单位——北海山口国家级红树林自然保护区时，现场千余名观众掌声四起。

在入选湿地中，北海红树林是唯一一个以植物为主体的湿地，具有典型性。

记录下红树林的美丽风光

北海山口红树林保护区荣膺“中国十大魅力湿地”称号，并成为当晚首个受奖单位在央视演播厅领奖，这也是广西惟一获此殊荣的湿地保护区。范航清博士代表北海，从国家海洋局副局长手中接过精致的水晶奖杯。

电视机前，这帮圈内的朋友也是兴奋异常，大家忙着用手机去拍摄电视荧屏上关于北海红树林的优美画面，截屏发微信朋友圈。

2013年5月，中央电视台启动大型公益活动“2013年‘美丽中国·湿地行’”。在中国41个国际重要湿地、400余处国家湿地公园、550余处国家级自然保护区中，经过征集推选、纪录片展播、网络投票等多个环节，按照“价值是否突出、形态是否典型、物种是否独特、保护是否有力”的标准，选出20个“美丽中国·魅力湿地”评选活动候选对象。又经过国家林业局、国家海洋局、中央电视台等单位组织的专家学者认真评选，北海山口红树林国家级自然保护区最终荣获“中国十大魅力湿地”称号。

此次评选活动评委之一、湿地国际组织中国办事处研究员、主任陈克

生机盎然

林评价说："北海山口红树林国家级自然保护区这么多年来没有受到破坏，保护有力，当选'中国十大魅力湿地'称号当之无愧！"

生长于热带、亚热带的红树林被喻为最典型的"生物海岸"，作为中国最早的海洋类型自然保护区，818.8 平方公里的山口国家级红树林生态自然保护区内，生物多样性丰富。

央视记者的镜头里不仅记录了连片天然红海榄群，全球存活约百只、列入"濒危物种红皮书"的黑脸琵鹭，行动敏捷地爬行在沙滩上、密密麻麻的小沙蟹，还敏锐地捕捉到了拥有"海上大熊猫"之称的国宝级动物——中华白海豚。在精心制作的专题片里，观众可以看到记者的镜头捕捉到了两头白海豚，一头白色，一头灰色。广西合浦儒艮国家级自然保护区管理站工程师张振华介绍说，小海豚刚出生时是深灰色，然后慢慢地颜色越来越淡，到老年就成白色了。

中华白海豚处于整个海洋食物链的顶端，它的生存状况反映着整个海洋生态系统的状态。中华白海豚的出现，证明北海红树林对维护湿地海洋生物的多样性起到了极其重要的作用。

令人遗憾的是，与中华白海豚一样被列为中国仅有的两种一级保护海洋类哺乳动物——儒艮，却没能鲜活地出现在屏幕前。不过，专题片记录了关于儒艮——传说中的“美人鱼”的只影片踪。

专题片的画外音这样描述：“美人鱼”，这个独特的名字，几个世纪以来，激发着人们无穷无尽的想象，其中最著名的当属安徒生笔下的小美人鱼。美人鱼究竟是什么样子？真如传说中那样拥有惊人的美丽吗？北海红树林湿地的沙田区域就是美人鱼的故乡，在这里很多人都亲眼见过美人鱼。

实际上，儒艮是海洋中最珍贵的脆弱等级物种之一，主要分布于西太平洋和印度洋海岸的中国和澳大利亚一带，已有 2500 万年的海洋生存史。

历史上，当地人对儒艮从来不捕捉滥杀，村民甚至当儒艮是一种神物来崇拜，如果无意中捕到都会立即放生。直到 1958 年，这种情况发生了彻底改变。

在北海沙田镇上新村村民付乃在的记忆里，在 1958-1962 年间，仅他一人在 5 年内就抓了 220 多头。捕捉“美人鱼”的主要动机十分诡异：尽管传统中国人由于食物匮乏，而执拗地在大自然内搜寻一切可以果腹的食物，而捉捕“美人鱼”出于获取食物的可能性却并不高，因为食用过“美人鱼”肉的人几乎没有人认为它是好吃的。

很多老人回想起来，捕捉“美人鱼”的原因更有可能是当年的政治风潮下集体无意识的选择。无知的滥捕滥杀、海洋栖息地的破坏、渔船数量的增加……使得儒艮的种群数量急剧下降。直到 1963 年，有关部门下发通知不准再抓捕，这种行为才停止。

而 20 世纪 70 年代中期的一次闻名遐迩的捕捉“美人鱼”活动，则是为了配合珠江电影制片厂拍摄科教影片而有意为之。

1976 年，有关部门为了做科研，在北海捕获了 23 头儒艮，珠江电影制片厂曾经专程赶往合浦拍摄最后一次捕捉“美人鱼”的画面。只不过“美人鱼”非常娇嫩，23 头儒艮中，只有 2 头是活的，制作标本的时候，发现其中还有一头怀孕的“美人鱼”，腹中胎儿已经成型。

这种科研活动的粗暴和残忍给了生机尚存的儒艮最后一次致命打击。

红树林晨曲

自那以后，合浦县沙田镇的人们已经再也没有见到过它的踪影。儒艮，这种喜静且羞怯的动物含恨远走他乡。

“美人鱼”以生活在浅海处水底的海草为生，“美人鱼”吃得越快，海草生长的速度也就越快，这使得“美人鱼”的进食成为一种劳作，就像勤勉的农夫在田野里耕作不休。

吸引“美人鱼”来到这片湿地附近海域的主要原因是曾经茂盛的海草以及红树林，红树林盘根错节的发达根系能够有效滞留陆地来沙，减少近岸海域的含沙量，为海草的生长起到了稳定作用，保证了草场的水质良好。如果说海草是“美人鱼”的食粮，那么红树林就是它的屋宇。

如今，北海也采取了一第列措施来恢复草场的生长，人们期待通过恢复湿地周边海域以使海草能有良好的生长，或许这样就能看到“美人鱼”的回归。最近已有五六个渔民陆续报告说他们看见有“美人鱼”的踪影。曾经大面积消失的海草已经逐步得到恢复，这使得美人鱼回归家园不再是一件遥不可及的事情。

为更好地将红树林的全貌展示在世人面前，让更多人了解这片“绿色聚宝盆”，中央电视台《走遍中国》栏目摄制组曾四访北海，采访北海市相关部门、红树林科研人员、保护区工作人员以及普通百姓，编导冯海芸说：“每次到北海与红树林亲密接触，就会经历一次心灵的震撼！”专题片播出之后，反响很大。

良好的生态环境是广西亮丽的名片和特有的优势。北海红树林湿地成功荣获“中国十大魅力湿地”，成为“美丽广西”建设的生动诠释。

“未来北海无论如何发展，环境绝对不能被破坏，这是红线、底线，不能突破！要金山银山，更要绿水青山。”北海市委书记王小东、市长周家斌在多个场合曾郑重发言。

为了加大生态环境保护的力度，北海市将保护环境的行动从保护红树林扩大到推动产业发展的全过程。近年来，对工业项目北海坚决抬高门槛，挡住高污染、高能耗项目，“业内是否认可、资金是否充裕、环保是否到位”，成为招商引资的“硬指标”。中石化北海炼化项目环保投入超过 6 亿元，污水处理后可养鱼；诚德镍业集团环境污染治理投资 4 亿多元，粉尘处理率达99%，烟气脱硫率在90%以上，达到一级排放标准；而在电子信息产业配套产业链环节中，更是拒绝GDP诱惑，主动将投资巨大但有环保隐忧的电镀加工企业拒之门外。

北海红树林湿地为何能从全国湿地竞争中脱颖而出，独具魅力？我们从中看到的不仅仅是单纯的保护，更看到北部湾经济区一直坚持的开发建设与环境保护并重的理念，实现了质与量的统一，保护与发展的双赢。

# 尾声

2014 年 5 月 18 日，在北海大冠沙红树林区发现一只黑脸琵鹭。这次发现是北海市区范围内首次记录到该珍稀鸟类。

黑脸琵鸳是中等体型的涉禽，隶属于鹳形目、鹮科、琵鹭属。体长约 76 厘米，全身羽毛大体上为白色，长长的嘴灰黑色而形似琵琶。主要分布于东亚地区，在朝鲜及中国辽宁沿海繁殖，越冬范围一直到东南亚。

黑脸琵鹭分布区域极为狭窄，种群数量也极为稀少，是全球最濒危的鸟类之一，已被世界自然保护联盟 (IUCN) 列为全球濒危鸟种，中国亦于 1989 年将其列入国家二级重点保护动物。黑脸琵鹭族群的数量下降，主要是由于栖息地破坏和人为捕猎等行为。1988 年该鸟种全球仅存 288 只，随着全球各地保护力度的加大，黑脸琵鹭的数量逐年增加，但仍属于极度濒危鸟类。据香港观鸟会 2013 年的在全球范围内的普查，共记录到 2725 只黑脸琵鹭。

这是第一次在北海市区记录到黑脸琵鹭，却绝不会是北海有记录的最后一只。

无独有偶，2014 年 6 月 5 日，在广西合浦儒艮国家级自然保护区召开的综合科学考察报告评审会上，相关综合科学考察报告首次公布权威数据：国家一级保护动物中华白海豚在北海市海域分布呈现两大种群，已经识别的数量有 167 头，按科学调查方法推算约有 295 头，约占全国总数的 1/4。

经过长达 28 年的保护调查和科考研究，广西合浦儒艮国家级自然保护区科研人员对北海市海域中华白海豚的分布和活动情况有了比较清晰的了解，中华白海豚在北海市海域分布呈现两大种群，分别为大风江入海口至南流江入海口之间种群和铁山港儒艮国家级自然保护区种群。

南京师范大学杨光教授通过DNA控制区序列的测定和比较分析，发现北海市中华白海豚个体与珠江口和厦门等其它水域内中华白海豚个体有极为显著的序列差异和遗传分化。在533序列中有多达33个变异位点，遗传距离平均为6.54%，从而揭示了北海海域中华白海豚独特的遗传特征。

根据研究人员估计，目前中国中华白海豚的种群数量不会超过1000只，而北海市海域的中华白海豚约占1/4左右。因为中华白海豚对生存环境要求很高，从中可以看出，这些年北部湾在生态建设方向上的努力和成果。

和刚来北海时的执拗、单纯相比，此时的范航清多了许多从容和历练。虽然在许多合作伙伴眼里，他是个既具浪漫色彩又具理性思维的科学工作

蓝天白云红树林

茂盛的红树林

夜色中的红树林

者，但作为一名管理人员，他也将他的团队打造得富于战斗精神和创新色彩，成就斐然。

范博士相信，他将在北海的上空见到更多的黑脸琵鹭，在北海的浪花里追逐到更多白海豚精灵一样曼妙的身姿，看到北部湾的海鲜依然鲜活丰富，在中国的海岸线上看到更多的红树林和本地滨海植物茁壮成长，宛如铜墙铁壁一般，挺立在蓝天碧海之下，挺立在疾风暴雨之中……那曾是他青春的梦想，也将是他一生的追求和祈望。

图书在版编目（CIP）数据

守望红树林 / 路迪，周浩郎著. -- 北京 : 五洲传播出版社，2023.3

ISBN 978-7-5085-5019-0

Ⅰ. ①守… Ⅱ. ①路… ②周… Ⅲ. ①纪实文学－中国－当代 Ⅳ. ①I25

中国国家版本馆CIP数据核字(2023)第000621号

**纪实中国**

主　编：任启发
策　划：荆孝敏

**绿色中国梦**

主　编：付　平
策　划：荆孝敏

## 守望红树林

作　　者：路　迪　周浩郎
责任编辑：黄金敏
设计总监：闫志杰
装帧设计：徐　驰
设计公司：北京正视文化艺术有限责任公司
出版发行：五洲传播出版社
地　　址：北京市海淀区北三环中路 31 号生产力大楼 B 座 6 层
邮　　编：100088
发行电话：010-82005927　010-82007837
网　　址：http://www.cicc.org.cn　http://www.thatsbooks.com
印　　刷：北京市房山腾龙印刷厂
版　　次：2023 年 3 月第 1 版第 1 次印刷
开　　本：710 × 1000 mm　1/16
印　　张：11
图 片 数：100张
字　　数：100 千字
定　　价：82.00 元